L’évasion d’une princesse

JESSICA GILMORE

L’évasion d’une princesse

Traduction française de
ANNE-LAURE PRIEUR

AZUR

HARLEQUIN

Collection : Azur

Titre original :
THE PRINCESS AND THE SINGLE DAD

HARPERCOLLINS FRANCE
83-85, boulevard Vincent-Auriol, 75646 PARIS CEDEX 13
Service Lectrices — Tél. : 01 45 82 47 47 - www.harlequin.fr
ISBN 978-2-2804-9169-3 — ISSN 0993-4448

Composé et édité par HarperCollins France.
Imprimé en septembre 2023 par CPI Black Print (Barcelone)
en utilisant 100% d'électricité renouvelable.
Dépôt légal : octobre 2023.

FSC www.fsc.org
MIXTE
Papier issu de sources responsables
FSC® C159065

Pour limiter l'empreinte environnementale de ses livres, HarperCollins France s'engage à n'utiliser que du papier fabriqué à partir de bois provenant de forêts gérées durablement et de manière responsable.

1

Jack Treloar étudia l'assemblée assise autour de lui. Exactement ce à quoi il s'attendait : des habitants du village ou des villes voisines, la plupart amis ou famille des comédiens, ainsi qu'une poignée de touristes. Un public bon enfant, peu critique car prédisposé à soutenir la petite production locale. Tout ce qu'il espérait changer. Il reconnaissait cependant être agréablement surpris par le spectacle lui-même. Certes, c'était une réalisation très amateur de *Roméo et Juliette*, avec des costumes et des décors faits avec les moyens du bord. Mais certains acteurs tiraient leur épingle du jeu. Assez pour le transporter et lui faire oublier l'inconfort des sièges ou les changements de scènes laborieux. Juliette en particulier était bouleversante. Quoi d'étonnant de la part d'une actrice professionnelle ? Clem Beaumont ferait mieux de retourner tenter sa chance à Londres au lieu de fourrer le nez dans ses affaires.

Son regard erra une fois de plus sur l'auditorium. Le vieil amphithéâtre en plein air débordait de charme avec ses gradins en pierre dominant une scène en demi-cercle. Le coucher de soleil sur la mer en toile de fond contribuait à son atmosphère unique. Ce lieu était un véritable joyau, mais un joyau brut nécessitant d'être poli pour réellement briller. En l'état, il n'offrait qu'une maigre programmation et accueillait ses spectateurs dans un hall vide où quelques bénévoles vendaient canettes de bière et vin blanc tiède pour tout rafraîchissement. Il n'existait aucun espace aménagé où boire un verre à l'entracte, discuter avec ses amis et profiter pleinement de l'ambiance. Mais le potentiel sautait aux yeux pour qui avait du flair, et Jack n'en manquait pas. Il avait le pouvoir de faire de Polhallow une destination prisée, non seulement pour ses plages et ses paysages, mais aussi pour son spectacle vivant, de la même façon qu'on visitait St Ives pour son patrimoine artistique ou Padstow pour ses restaurants réputés. Jack avait travaillé son sujet. La scène était assez grande pour attirer les plus importantes compagnies de théâtre du pays, mais aussi des groupes à la mode. La programmation se diversifierait entre pièces, comédies musicales et concerts. De quoi faire connaître Polhallow au grand public.

Hélas, les habitants étaient loin de partager sa vision des choses. Pour la communauté, c'était comme s'il cherchait à remplacer le vieil amphithéâtre par une monstruosité en béton, au lieu d'apporter emplois et prospérité toute l'année. Jack avait pourtant garanti aux écoles et diverses troupes locales qu'elles pourraient continuer à utiliser le théâtre. Alors pourquoi ne voyaient-ils pas que tout le monde y gagnait ?

Sans doute parce que l'initiative venait de lui. Peu importaient sa fortune et sa réussite. Aux yeux de tous, il restait le vaurien du village. Eh bien, ils apprendraient à revoir leurs préjugés. Polhallow était l'environnement idéal où élever ses deux filles : le grand air, les activités extérieures, loin de cet hédonisme facile des beaux quartiers de Londres. S'il voulait reconquérir le village, c'était avant tout pour leur permettre de s'intégrer. Gagner le respect de ceux qui l'avaient condamné par le passé serait un bonus.

Jack avait prévu de s'en aller à l'entracte. Mais contre toute attente il se laissa captiver par la tragédie se déroulant sur scène, lui qui savait mieux que personne jusqu'où pouvaient aller les passions adolescentes. Le talent et le charisme de Clem élevaient la pièce. Face à elle, les autres comédiens donnaient le meilleur d'eux-mêmes, se découvrant peut-être un potentiel insoupçonné. Juliette s'effondra sur la tombe de son amant, puis vint le dialogue final, et Jack se surprit à avoir la larme à l'œil. Honteux de ce moment de faiblesse, il regarda autour de lui. Personne ne lui prêtait attention. Sa présence avait bien suscité quelques chuchotements et regards méfiants à son arrivée. Mais, absorbés par la pièce, les gens l'avaient rapidement oublié et applaudissaient maintenant avec chaleur.

Sa voisine de siège ne faisait pas exception. Elle participait à l'ovation en lançant des « bravo ! » enthousiastes comme si elle venait d'assister à une production de la Royal Shakespeare Company. Ses joues étaient striées de larmes sous ses énormes lunettes de soleil. Elle les enleva pour s'essuyer les yeux et croisa le regard amusé de Jack.

— C'était extraordinaire, n'est-ce pas ?

Elle parlait couramment l'anglais, avec une pointe d'accent tout juste perceptible. Espagnol, peut-être ?

— Je ne m'attendais pas à ça, répondit-il avec diplomatie.

« Extraordinaire » était un bien grand mot. Mais il devait admettre que la pièce n'avait pas été le désastre auquel il s'était attendu.

— Clem était époustouflante. J'ignorais qu'elle avait autant de talent.

Ses applaudissements redoublèrent comme l'actrice principale s'avançait sur le devant de la scène. L'étrange ressemblance entre les deux jeunes femmes interpella Jack. L'une et l'autre avaient de longs cheveux noirs bouclés encadrant un visage ovale aux pommettes saillantes, avec les mêmes yeux noisette frangés de longs cils et les mêmes lèvres sensuelles. Il lui semblait avoir déjà vu sa voisine quelque part…

— Pardon, mais… On se connaît ? s'enquit Jack.

Elle secoua la tête et remit précipitamment ses lunettes de soleil.

— J'en doute. Je ne suis pas d'ici. Je suis une cousine de Clem.

— Voilà qui explique la ressemblance.

Sa remarque lui valut un sourire nerveux.

— Restez-vous longtemps ? questionna-t-il.

— Non. Je dois rentrer ce soir.

Ses fines épaules s'affaissèrent.

— Dommage. Polhallow est vraiment un endroit à part, vous ne trouvez pas ?

— Tout à fait d'accord, approuva Jack. Je m'y suis réinstallé récemment. Je me demande pourquoi je ne l'ai pas fait plus tôt.

Ramener sa famille en Cornouailles avait été le bon choix. Londres était le genre de ville où le danger guettait à chaque coin de rue. Il voulait que ses filles grandissent au bord de la mer, avec la plage où aller s'amuser. Bien sûr, leur enfance était très différente de la sienne. Le manoir sur la falaise où ils vivaient comprenait une piscine, une cabane dans les arbres et une salle de jeux remplie de tout ce qu'elles désiraient. Jack savait qu'il les gâtait trop. Mais il savait aussi ce que c'était de manquer de tout. Et elles avaient perdu leur mère si jeunes... Il voulait leur offrir tout ce que lui-même n'avait jamais eu. Y compris un nom qui soit respecté. Sa réussite et sa fortune en impressionnaient certains. Mais beaucoup continuaient à se méfier de lui.

Après avoir salué une dernière fois, les comédiens quittèrent la scène et les spectateurs commencèrent à se disperser.

— Ravi de vous avoir rencontrée, dit Jack en lui tendant sa main. Je suis Jack Treloar. Transmettez mes félicitations à Clem. Elle était exceptionnelle.

Après une hésitation, la jeune femme lui serra la main. Un courant électrique fusa dans son bras, d'une intensité qui le prit de court. À quand remontait la dernière fois qu'on lui avait fait un tel effet ? Cela ne lui était plus arrivé depuis Lily. Il en était venu à croire que cette part de lui était morte avec elle.

— Rosy, se présenta-t-elle. C'est ainsi que mes amis m'appellent.

— Enchanté, Rosy. Si vous avez le temps, nous pourrions aller boire un verre ?

Sa proposition parut la stupéfier. Pas autant que lui. Il s'était marié à dix-huit ans suite à une grossesse imprévue et n'était veuf que depuis deux ans. C'était la première fois qu'il flirtait depuis une éternité. Elle sourit et deux adorables fossettes creusèrent ses joues, ajoutant à son charme.

— C'est gentil. Peut-être une autre fois ?

Elle désigna la sortie du menton.

— Je dois y aller. Passez une bonne soirée.

Jack la suivit des yeux tandis qu'elle se frayait un chemin parmi les gens. Il secoua la tête. Il invitait une femme à sortir pour la première fois depuis des années, et comment réagissait-elle ? En prenant ses jambes à son cou.

Bien joué, mon vieux.

À son tour, il gagna la sortie, répondant aux rares personnes qui le saluaient, sans pour autant se joindre à aucun groupe. Il n'y serait pas le bienvenu. Et puis, il était pressé de retrouver ses filles. Chaque soir, il passait leur souhaiter bonne nuit en leur promettant qu'il serait toujours là pour elles. Un rituel auquel il n'avait nulle intention de déroger.

Avec un dernier regard vers la porte par laquelle Rosy avait disparu, il prit la direction opposée. Il y avait peu de chances qu'il la revoie. De toute façon, il n'avait pas le temps pour ce genre de frivolités. Ses priorités étaient sa famille, ses affaires et sa réputation à restaurer – dans cet ordre. C'était son choix et il s'y tiendrait. Même si une part de lui regrettait de ne jamais avoir l'occasion de boire ce verre avec l'énigmatique cousine de Clem.

Arrosa Artega, future princesse héritière des Asturies, arriva la première au cottage où vivait Clem. Elle entra grâce à la clé que lui avait donnée sa demi-sœur, plus précieuse à ses yeux que tous les joyaux de la Couronne. Henri, son chauffeur et garde du corps, déposa le panier de pique-nique qu'elle avait apporté dans le salon, avant de retourner faire sa ronde à l'extérieur. Arrosa se versa un verre de vin et se pelotonna sur le canapé en attendant le retour de Clem. Sa présence à Polhallow mettait en péril le secret de leur identité. Mais il y avait si longtemps qu'elle n'avait plus rendu visite à sa sœur ! La voir sur scène n'était pas la seule raison de sa venue. Elle était dans le pétrin et seule Clem saurait l'aider à y voir plus clair.

Tout en sirotant son vin, elle balaya la pièce des yeux, familière avec ses étagères débordant de livres et ses peintures colorées aux murs. Gus, le chat noir sauvé de la rue, dormait en rond sur le bord de la fenêtre. Elle s'était toujours sentie chez elle au cottage, plus que dans le majestueux palais où elle avait grandi. Elle vouerait une gratitude éternelle à la mère de Clem de l'avoir accueillie sous son toit. D'autant plus que Zorien, son père et celui de Clem, l'avait trompée sur qui il était vraiment, puis payée pour qu'elle garde secrète l'existence de Clem. La pièce reflétait les goûts éclectiques et la personnalité hors norme de Simone Beaumont. Le cœur d'Arrosa se serra au souvenir de cette femme qui avait été une seconde mère pour elle, toujours pleine d'affection à son égard.

Perdue dans ses pensées, elle sursauta en entendant sa sœur rentrer. Elle se précipita à sa rencontre et la couva d'un regard ému.

— Je suis contente de te voir, Rosy, mais… Que fais-tu là ? demanda Clem.

Arrosa lui servit un verre de vin et toutes deux s'assirent sur le canapé.

— Tu m'as invitée à ta représentation, non ? Tu étais formidable en Juliette !

— Tu n'es jamais venue avant.

Elle eut mauvaise conscience.

— Et je le regrette. Clem... Je suis désolée de ne pas avoir assisté aux funérailles de Simone. Tu sais combien je l'aimais...

— Ne t'inquiète pas. Elle aurait compris, assura Clem. Les fleurs que tu as envoyées étaient magnifiques.

— Mais tu es ma sœur. J'aurais dû être à tes côtés.

— Je sais combien c'est difficile pour toi de te libérer.

En effet. Mais cela n'excusait pas son absence quand Clem avait eu le plus besoin d'elle.

— Tout était plus simple avant, murmura Rosy avec nostalgie. J'adorais venir ici pendant les vacances quand j'étais en pension.

Cela faisait huit ans qu'elle n'était plus revenue à Polhallow sous les traits de Rosy, la cousine étrangère de Clem. Dans son souvenir, il y faisait toujours beau, chaque jour rempli de rires et d'aventures. C'était cela, sa plus grande joie : être simplement Rosy et non plus une princesse.

Clem serra sa main dans la sienne.

— Crache le morceau, Rosy. Ça me fait plaisir de te voir. Mais tu n'es pas du genre impulsif. Est-ce que tout va bien ?

Arrosa finit son verre pour se donner le courage d'aborder le sujet qui la préoccupait.

— Je ne sais pas... Je crois que je viens de demander quelqu'un en mariage.

— Tu crois ou tu en es sûre ? Qui est l'heureux élu ?

L'inquiétude de Clem s'entendait dans ses questions. Arrosa tenta de la rassurer.

— Akil, vicomte d'Ortiz. Une figure montante de l'opposition. Son père, le duc d'Ortiz, est l'un des plus virulents détracteurs de papa. Nos deux familles sont ennemies depuis des générations. Mais Akil et moi nous entendons bien et avons beaucoup de points communs. Il sait ce que c'est de devoir se montrer à la hauteur de son nom.

— Vous vous entendez bien ? répéta Clem Tu veux dire que vous ne sortez même pas ensemble ? Et puis…

Elle la resservit en vin.

— Tu *crois* l'avoir demandé en mariage ? Qu'est-ce que ça veut dire ?

Une soudaine lassitude envahit Arrosa. Comment trouver les mots ? Comment lui expliquer le rôle clé joué par Akil dans l'unification des partis d'opposition derrière la nouvelle loi de succession sur le point d'être ratifiée ? Une loi qui, en faisant d'elle l'héritière officielle du trône après des siècles de primogéniture, chamboulerait sa vie déjà strictement contrôlée ?

— Clem, tout le monde m'incite à me marier. Ma famille, mes conseillers, les médias… Je perpétuerais ainsi la lignée royale, tout en projetant une image de maturité et de stabilité. Cette pression me déplaît, mais c'est ce qu'on attend de moi. Le problème est que je n'ai aucun prétendant. Qui pourrais-je épouser ? Mon statut de princesse fait peur aux rares hommes que je rencontre. Alors future reine, je te laisse imaginer.

Elle soupira, anxieuse à la pensée des semaines, mois et années à venir.

— J'apprécie beaucoup Akil. Il connaît les rouages de la Cour et partage mes ambitions pour les Asturies. Un aristocrate célibataire d'à peu près mon âge… Que demander de mieux ?

Mais ses arguments sonnaient creux et transpiraient le défaitisme. Elle n'avait que vingt-sept ans. Était-elle vraiment prête à se marier par devoir, même avec le meilleur parti possible ? À en juger par sa moue, Clem partageait ses doutes.

— Rosy, une telle décision ne se prend pas à la légère. Ne te précipite pas, lui conseilla sa sœur. Tu as besoin d'une pause. Pourquoi ne pas rester quelques semaines ? Tu sais combien l'air de la Cornouailles te réussit.

Arrosa ferma les yeux et s'imagina se baladant sur la plage ou bronzant au soleil, libérée de ses obligations…

— J'adorerais, mais je reprends l'avion ce soir, déclina-t-elle à regret.

S'échapper une soirée avait été assez compliqué comme cela. Prolonger l'escapade serait trop dangereux.

— Ce soir ? Oh ! Rosy… Je croyais que tu n'avais aucun engagement cet été ?

— Non. Mais dès qu'on ne me voit pas pendant quelque temps, les spéculations vont bon train, expliqua Arrosa. L'année dernière, la grippe m'a clouée au lit. Eh bien, d'après les tabloïds, j'avais rejoint une secte, me faisais faire un lifting ou m'étais enfuie avec un soldat !

Elle avait raconté cela sur le ton de la plaisanterie. Mais Clem semblait soucieuse.

— Je sais que c'est idiot, ajouta-t-elle. Mais si les médias me trouvent, ils poseront des questions à ton sujet. Tu n'as pas besoin de ça. C'est plus sûr pour toi qu'on ne nous voie pas ensemble.

Comme elle abhorrait tous ces mensonges et ces subterfuges ! Si seulement elle et Clem pouvaient être sœurs sans se cacher… Mais cela faisait huit ans qu'elle vivait avec l'attention de la presse braquée sur elle. Hors de question d'infliger le même calvaire à Clem.

— Pourquoi te trouverait-on ? objecta sa sœur. Qui aurait l'idée de te chercher ici ?

Son expression se fit pensive.

— Je pourrais prendre ta place…

Quoi ? Elle avait dû mal entendre. Mais Clem avait cet air déterminé de quand elle avait une idée derrière la tête.

— Enfin, Clem, tu n'es pas sérieuse ? Personne ne pourrait te confondre avec moi !

— De près, non. Mais dans une voiture, coiffée et habillée comme toi, cachée derrière des lunettes de soleil… Qui fera la différence ? persista Clem. Nous faisons la même taille, avons la même silhouette et la même couleur de cheveux. Et puis, je suis actrice. Je peux imiter ta démarche et ton maintien. Tu passeras l'été ici à te relaxer pendant que moi, je veillerai à ce qu'on t'aperçoive assez souvent aux Asturies pour donner le change. Je parle sans arrêt de ma cousine. Nous n'aurons qu'à raconter que j'ai décroché un petit rôle dans un film et que tu viens garder mon chat. Plus tard, je dirai que j'ai été coupée au montage.

— C'est la chose la plus folle que j'aie jamais entendue, protesta Arrosa. Ça ne fonctionnera jamais.

— Si tu vivais au palais même, non, mais...

— Je possède ma propre villa sur les terres du domaine Artega, acheva-t-elle.

L'idée faisait son chemin dans sa tête. C'était complètement insensé, mais...

— Les femmes de ménage ne passent qu'en mon absence. Seule Marie loge sur place en permanence. Elle et Henri devraient être mis dans le secret.

Et s'il y avait une chance que cela fonctionne, tout compte fait ? Clem avait raison. Elle n'avait aucun engagement de prévu durant les six prochaines semaines. Qui soupçonnerait son absence si sa sœur se faisait passer pour elle de temps en temps à l'arrière d'une voiture ? L'espace d'un instant, elle s'autorisa à rêver. Se lever le matin libre comme l'air, se promener en public sans que personne ne se soucie d'elle... Mais un détail la retenait.

— Ne crains-tu pas de te sentir seule, Clem ? Aucun domestique ne pourra te voir. Certains sont au palais depuis que je suis bébé. Comment vas-tu t'occuper ?

— Oh ! je me ferai conduire à droite à gauche par Henri afin que la presse me voie déguisée en toi, répondit sa sœur. Le reste du temps, je m'habillerai normalement, laisserai mes cheveux au naturel et visiterai le pays incognito. J'en ai toujours rêvé. Et puis, ce sera l'occasion pour moi de voir notre père. Personne ne s'étonnera qu'il rende visite à sa fille.

Était-ce une note d'espoir dans la voix de Clem ? Arrosa savait combien sa sœur rêvait d'une vraie relation père-fille. Surtout depuis qu'elle avait perdu sa mère. Zorien était un monarque avant tout. Sa famille passait après son pays. Elle doutait qu'il soit jamais ce que Clem attendait de lui. Mais sa sœur méritait une chance de se faire sa propre opinion. Quelques semaines dans sa villa aux Asturies lui en donneraient l'occasion.

Une autre objection lui vint à l'esprit.

— Mais quel intérêt que je sois là si tu n'y es pas ?

Si elle aimait tant venir en Cornouailles, c'était surtout pour être avec Clem.

— Eh bien déjà, Gus aura besoin d'être nourri, dit-elle en indiquant son chat du menton. Profites-en pour oublier la princesse et être simplement toi. Balade-toi sur la plage. Va te baigner. Moi aussi, j'ai besoin de changer d'air et penser à l'avenir. Ça fait trop longtemps que je me contente de vivoter. Tu vois, tu me rendrais service en quelque sorte.

Arrosa secoua la tête en souriant.

— Comme si j'allais avaler ça, Clem.

— C'est la vérité ! Nous avons toutes les deux besoin de recul sur nos vies. Alors pourquoi ne pas échanger nos places ? Ta mère est absente en ce moment, n'est-ce pas ?

— Oui, elle passe l'été à Ischia en Italie.

— Alors aucun danger. À toi de voir, Rosy. Que choisis-tu ? Six semaines à éviter Akil, fuir la presse et te ronger les sangs ? Ou un été de farniente à la mer à te goinfrer de scones ?

— Il faut avoir perdu la tête pour croire que ça puisse marcher…

Mais la tentation n'avait jamais été aussi grande.

— Rien ne nous empêche de reprendre nos places respectives à tout moment, fit valoir Clem.

Arrosa se mordit la lèvre. Elle n'était pas seulement tentée, elle avait *besoin* d'une pause. Plus qu'elle n'osait se l'avouer. Pourquoi ne pas essayer ?

— D'accord, capitula-t-elle en riant. Faisons un essai d'une semaine et voyons ce que ça donne. Merci, Clem. Des vacances en Cornouailles, c'est exactement ce qu'il me faut. Peut-être as-tu besoin d'aller aux Asturies, toi aussi. À un été pas comme les autres !

Elle leva son verre et Clem trinqua avec elle.

— À l'échange des frangines !

2

Arrosa mit quelques secondes à se rappeler où elle était, le lendemain matin. Elle avait si souvent rêvé de revenir en Cornouailles qu'elle devait se pincer pour y croire. Sa chambre n'avait pas changé, comme figée dans le temps. Cela l'avait touchée quand Clem et Simone lui avaient aménagé une chambre à elle au cottage. Elle s'y était toujours sentie davantage chez elle qu'au palais Artega. Depuis ses vingt et un ans, elle vivait dans sa propre villa, mais continuait à considérer le cottage comme sa vraie maison.

Tout était exactement tel qu'elle l'avait laissé : les murs vert d'eau, les rideaux, le couvre-lit. Ses brosses et ses produits de toilette encombraient toujours la coiffeuse. Ses habits n'avaient pas bougé de la petite penderie. La plupart lui allaient encore après toutes ces années ! Elle les avait redécouverts avec nostalgie la veille au soir en cherchant un pyjama. Certains étaient démodés, d'autres inappropriés pour son âge. Mais personne ne la prendrait en photo ici. À Polhallow, elle n'était plus la princesse habillée par les plus grands stylistes qui faisait la une de tant de magazines. Elle était simplement Rosy, à l'aise en short et haut de bikini. Si elle avait besoin d'autre chose, elle pourrait toujours aller fouiller dans la garde-robe de Clem.

La chambre de sa sœur non plus n'avait pas changé, avec son thème gris et blanc égayé de touches d'orange choisi par

Clem avant qu'elle ne parte s'installer à Londres à dix-huit ans. Quant à la chambre de Simone… L'émotion noua la gorge d'Arrosa. Si elle avait pris des airs d'hôpital vers la fin, il n'en restait aucune trace. Arrosa s'attendait presque à voir entrer Simone à la recherche d'un de ces foulards chics dont elle aimait accessoiriser ses tenues. Ses bijoux pendaient encore à la patère murale. Les mêmes coussins s'empilaient sur son lit et son plaid en cachemire préféré gisait sur la banquette de fenêtre. Difficile de croire qu'elle ne reviendrait plus jamais.

Quelques heures plus tard, Arrosa était enfin prête à sortir. Elle avait pris son temps, trop heureuse de se refamiliariser avec chaque recoin du cottage. Elle avait siroté son café dans le jardin, avant de monter se doucher et s'habiller, optant pour un de ses vieux shorts en jean et un débardeur rose fluo. Une paire de lunettes sur le nez, elle quitta le cottage.

Mon Dieu, quel bonheur ! Elle redécouvrait le plaisir de marcher dans la rue, se mêler aux touristes et faire du lèche-vitrine. Personne ne lui prêtait attention. Elle n'avait pas besoin de contrôler ses expressions faciales ou veiller à ce qu'aucun cheveu ne dépasse de sa coiffure. Son pas se fit plus léger tandis qu'elle respirait l'air iodé à pleins poumons. Grisée par sa liberté retrouvée, elle traversa la route sans regarder. Un crissement de freins strident la fit sursauter. Alors seulement, elle vit la voiture qui avait pilé net, manquant de peu la renverser. *Zut.* Elle avait oublié qu'on roulait à gauche, ici. Elle se hâta de reculer avec un geste d'excuse.

Quelle ne fut pas sa surprise en reconnaissant le conducteur furieux ! C'était l'homme qui lui avait parlé au théâtre. Jack quelque chose. Drôle de hasard. Une brusque chaleur la submergea. Avec ses larges épaules, sa bouche sensuelle et son regard ténébreux, il était indéniablement séduisant. Elle perçut le moment où il la reconnut aussi. L'exaspération sur ses traits se mua en surprise, puis son expression se ferma. À coup sûr, il devait croire qu'elle avait inventé une excuse pour refuser son invitation à boire un verre. Un inexplicable besoin de se justifier s'empara d'elle. De lui assurer qu'elle n'était vraiment pas censée être encore là ce matin. Mais déjà, il accélérait, et il la dépassa avec un hochement de tête avant de disparaître.

Zut et double zut.

Au fond, quelle importance ? Ce n'était pas comme si elle risquait de le revoir. Mais sa belle humeur était un peu retombée lorsqu'elle reprit son chemin, en faisant attention à la circulation, cette fois.

Elle avait presque oublié ce que c'était d'avoir des papillons dans le ventre. Elle avait tant pris le pli de contrôler ses émotions pour être une princesse modèle qu'elle avait fini par se couper de cette part d'elle. À quand remontait la dernière fois qu'elle avait ressenti une telle attraction ? C'était rassurant de savoir qu'elle était encore capable d'être troublée par quelqu'un.

Et maintenant ? Que lui avait conseillé Clem, déjà ? De se goinfrer de scones ? Excellente idée. Arrosa entra dans une boulangerie et s'offrit un sachet de scones tout chauds, puis fit un détour par l'épicerie afin d'acheter de la confiture, de la crème et des fraises. Alors qu'elle quittait le magasin, elle tomba sur Sally, une amie de Clem qu'elle aussi avait côtoyée adolescente. Devant la surprise de Sally, elle lui raconta l'histoire inventée par Clem pour expliquer son absence et sa propre réapparition. La jeune femme semblait ravie de la revoir. Elle l'invita au pub le samedi soir et lui proposa d'aller voir un film de superhéros avec elle et sa fille un autre jour. Pour Arrosa, aller au cinéma signifiait assister à une première très médiatisée en robe de soirée inconfortable, avec tapis rouge, réception et tout le tralala. La perspective de simplement regarder un film entre amis en grignotant du pop-corn était si alléchante qu'elle accepta sans hésiter.

De retour au cottage, elle rangea ses achats, nostalgique

en redécouvrant les tasses et assiettes d'autrefois, ou encore les pots de chutney avec leurs étiquettes écrites à la main. L'écriture de Simone. Elle se préparait une salade pour le déjeuner quand son téléphone bipa. Un texto de Clem, sans doute. Sa culpabilité revint au galop à la vue du nom d'Akil sur l'écran. Dire qu'elle avait littéralement pris la fuite après les avoir mis tous les deux dans l'embarras... Que disait le message ?

Arrosa, je suis chez vous avec Clem. Est-ce que tout va bien ?

Arrosa fit la grimace. Pour ce qui était d'échanger leurs places à l'insu de tous, c'était raté. Vingt-quatre heures ne s'étaient pas écoulées que le subterfuge était déjà découvert. Cela signifiait-il qu'elle allait devoir rentrer ? Le cœur lourd, elle tapa une réponse :

Tout va très bien. J'avais juste besoin de recul. Vous pouvez avoir toute confiance en Clem.

Après le déjeuner, elle sortit faire un jogging, histoire de se changer les idées. Puis elle alla se baigner en mer pour se rafraîchir. Lorsqu'elle rentra au cottage, elle s'installa dans le jardin avec un livre et une tasse de thé, l'esprit déjà plus tranquille. Akil n'avait aucune raison de dénoncer la supercherie. Il n'était pas comme cela. C'était une des raisons pour lesquelles elle se fiait à lui. Mais elle fut soulagée quand Clem l'appela.

— Alors, ces vacances ? demanda sa sœur.

— J'ai suivi ton conseil. Je suis allée nager et j'ai tout une provision de scones pour la semaine. Et toi ? Que s'est-il passé avec Akil ?

— Il est venu te voir à la villa, expliqua Clem. Il m'a prise pour toi de dos. C'était embarrassant. Le temps qu'il s'aperçoive de son erreur, il avait déjà mentionné ta quasi-demande en mariage. Impossible de faire comme si je ne savais rien. J'ai dû lui avouer qui j'étais. Mais pas d'inquiétude, notre secret sera bien gardé.

Arrosa était perplexe. L'étrange fébrilité dans la voix de sa sœur l'interloquait. De quoi ces deux-là avaient-ils bien pu parler ?

— Qu'as-tu pensé d'Akil ? s'enquit-elle.

— Que du bien, répondit Clem. C'est un homme séduisant et ambitieux. Je comprends pourquoi tu le vois comme un bon parti. Mais ça ne suffit pas. Avec l'avenir qui t'attend, tu as besoin d'un vrai partenaire. Quelqu'un qui t'aime et te fasse passer avant tout. C'est ce que je lui ai dit.

Arrosa sourit. Du Clem tout craché. Sa sœur n'avait pas sa langue dans sa poche.

— Et comment a-t-il réagi ?

— Il reconnaît que la question demande réflexion. Sur le papier, c'est l'union idéale. Il est fiable et évolue dans le même monde que toi. Mais je crois que privilégier la raison au détriment de son cœur n'est pas sans répercussions sur le long terme. Vous méritez tous les deux mieux qu'un choix par défaut.

Tous les deux ? Visiblement, Clem et Akil avaient eu une sérieuse discussion. Et il lui avait fait forte impression... Intéressant. Cela la touchait que Clem défende aussi farouchement ses intérêts. Arrosa se sentait souvent seule au monde. Mais au moins elle aurait toujours sa sœur.

— Écoute, dit-elle à contrecœur. Nous nous trompions en croyant que personne ne remarquerait l'échange. Ça ne fait pas un jour et tu as déjà dû dévoiler ton identité à Akil. De mon côté, je me sens beaucoup mieux. Cette journée de coupure m'a fait un bien fou.

Tout en parlant, elle s'efforçait de rationaliser ses émotions. Le soulagement qu'elle éprouvait d'être loin des Asturies. Son attirance pour Jack, qui lui rappelait qu'elle était une femme avant d'être une princesse.

— Tu as sans doute raison, continua-t-elle. J'ai suggéré le mariage à Akil dans un moment de panique. Ce n'est pas une raison pour l'épouser. Qui sait ce que l'avenir nous réserve ? Ce serait idiot de me précipiter simplement parce que je me sens un peu dépassée. Je vais appeler Akil et lui présenter mes excuses. Toi et moi ferions mieux de reprendre nos places respectives.

Elle ferma les yeux en disant cela. C'était la dernière chose qu'elle souhaitait. Cette journée lui avait donné un avant-goût d'une liberté dont elle n'avait jamais osé rêver. Partir maintenant serait un crève-cœur.

— Hors de question.

Le ton de Clem était catégorique.

— Akil s'est présenté au domaine Artega sans invitation. Qui d'autre ferait ça ? Vingt-quatre heures, ce n'est pas assez pour dénouer une situation aussi complexe. Tu as besoin de temps et de repos. D'ailleurs, moi non plus, je ne suis pas prête à rentrer. Je n'ai pas encore vu notre père, ni exploré les Asturies. Une seule journée à la plage, c'est loin de me suffire.

— À la plage ? répéta Arrosa. Avec Akil ?

— Il m'a invitée à déjeuner, puis nous sommes allés nous balader, dit Clem avec une réserve inhabituelle.

— C'est gentil de sa part.

À l'évidence, le courant était passé entre eux. Raison de plus pour crever l'abcès avec Akil au plus vite.

— Oui, convint sa sœur. Que dirais-tu de prolonger encore un peu l'échange, Rosy ? Par acquit de conscience. Je suis contente que tu ailles mieux, et aussi que tu aies décidé de ne pas épouser Akil. C'est quelqu'un de bien. Si tu étais amoureuse de lui, je me réjouirais de l'avoir comme beau-frère. Mais puisque ce n'est pas le cas…

Aucun doute, Akil ne la laissait pas indifférente.

— Reste à Polhallow. Profites-en pour te détendre et te reposer.

— Tu en es sûre ?

Le soulagement envahit Arrosa. Elle n'avait vraiment

aucune envie de rentrer. Si seulement elle pouvait rester les six semaines complètes ! Elle voulait voir plein de films au cinéma, déguster des tonnes de scones et savourer chaque jour son anonymat en public.

— Sûre et certaine, assura Clem. Maintenant, file faire un câlin à Gus pour moi. Je t'embrasse.

— Je t'embrasse aussi.

En raccrochant, Arrosa savait déjà qui elle devait appeler ensuite. Le plus tôt serait le mieux. Elle ne profiterait pas de son séjour tant que la situation avec Akil ne serait pas réglée. Cela valait aussi pour Clem. Le peu que sa sœur lui avait raconté en disait long. Il n'était pas difficile de lire entre les lignes. Peut-être devrait-elle suggérer à Akil de sortir à nouveau avec Clem ?

De son côté, si elle recroisait Jack, elle l'inviterait à boire un verre pour se faire pardonner. Elle tenait à dissiper tout malentendu. C'était la moindre des choses.

— S'il te plaît, papa ! Viens te baigner avec moi !

Clover tira sur sa manche et Jack faillit lâcher son portable. Il le rattrapa de justesse.

— Attention, la sermonna-t-il. J'ai quelque chose à terminer. Pourquoi ne continues-tu pas ton château de sable en attendant ?

Jack relut le mail qu'il rédigeait et apporta une ou deux corrections. L'hostilité des habitants menaçait de faire échouer son projet concernant le théâtre. Il avait besoin d'une agence spécialisée qui le conseille sur une meilleure stratégie de communication.

— J'ai fini mon château. Regarde, papa.

Le ton plaintif de sa fille lui fit lever les yeux. Il eut mauvaise conscience devant sa moue dépitée. Il ignorait ce que c'était avant… Ce sentiment constant de ne jamais en faire assez quand on élevait seul ses enfants. S'il pouvait, il remonterait le temps et effacerait toutes ces remarques blessantes qu'il avait eues pour sa mère. Tous ces reproches dont il l'avait accablée, même en sachant qu'elle faisait de son mieux. Lui aussi, aujourd'hui, faisait de son mieux. Parfois, cela signifiait aller se baigner au milieu d'une foule de vacanciers par un chaud week-end de juin.

— D'accord. Pars devant, je te rejoins.

Le cri de joie de Clover le réconforta. À six ans, la fillette ne boudait jamais longtemps et retrouvait vite le sourire.

— Et toi, Tansy ?

Sans surprise, son aînée secoua la tête. Avec ses longs cheveux blonds et son visage en cœur, elle était le portrait craché de sa mère. Tellement que la regarder lui faisait mal parfois.

— Je reste surveiller nos affaires, dit-elle. J'ai mon livre à finir.

— Tu as lu toute la matinée. Viens te baigner avec nous. Ça fera plaisir à ta sœur.

Mais Tansy replongea dans son livre, avec cet air de porter tous les malheurs du monde sur ses épaules qui l'inquiétait. Elle avait toujours été une enfant sérieuse. Trop, d'après Lily. Son sens précoce des responsabilités l'emportait sur sa capacité à s'amuser et lâcher prise. Un trait de caractère qui s'était encore accentué depuis la mort de sa mère. Elle semblait souvent soucieuse pour une enfant de onze ans.

Il lui caressa affectueusement les cheveux.

— Papa, je *travaille*, grogna-t-elle en se dégageant.

— D'accord, d'accord. Tu sais où nous trouver si tu changes d'avis.

Laissant Tansy à sa lecture, Jack suivit Clover dans l'eau et frissonna. Typique de la Cornouailles. La mer restait toujours froide, même quand les températures grimpaient. Clover, elle, courut dans les vagues sans paraître s'en soucier, babillant à propos de sa dernière leçon de surf et de la façon dont elle avait presque réussi à tenir debout. C'était pour cela qu'il avait ramené ses filles à Polhallow. Pour la vie au grand air. Clover avait les joues roses et débordait de vitalité, preuve qu'il avait fait le bon choix. Tansy aussi finirait par trouver ses marques.

Alors qu'ils allaient s'élancer sur leur bodyboard, une silhouette plus loin capta son attention. Une jeune femme immobile, de l'eau jusqu'à la taille. Il émanait d'elle une grâce altière qui la distinguait des autres. Ses cheveux noirs étaient relevés en chignon et des mèches folles dansaient dans son cou. De larges lunettes de soleil ombraient ses pommettes hautes. C'était la femme du théâtre, celle qu'il avait failli renverser quelques jours plus tôt. Rosy.

Elle ne bougeait pas, imperturbable au milieu des vagues. Bras tendus autour d'elle, visage levé vers le ciel, elle semblait ne faire qu'un avec les éléments, libre comme l'air. Débarrassée d'un fardeau trop lourd pour ses seules épaules. Il secoua la tête. Cela ne lui ressemblait pas d'inventer des histoires sur de parfaites inconnues. L'évidence était là : elle avait menti pour décliner son invitation. Cette alchimie qu'il avait cru percevoir entre eux n'avait été que le fruit de son imagination.

Comme si elle avait senti son regard sur elle, elle se retourna. Leurs yeux se croisèrent. Avec un sourire timide, elle lui fit un signe de la main, auquel il répondit avant de rejoindre sa fille.

L'après-midi ne fut pas le succès escompté. Le soleil tapait, et la plage, comme chaque été, était envahie par les touristes. Baigneurs et surfeurs avaient pris d'assaut la mer. Clover reçut du sable dans les yeux, puis de l'eau salée. À peine ce problème réglé, elle se mit à pleurer parce qu'elle avait faim et trop chaud. Tansy ne lâcha pas son livre, sauf pour s'occuper de sa sœur comme le ferait une mère, en sortant des lingettes rafraîchissantes de son sac, ainsi que de la crème solaire.

— C'est à moi de m'occuper de ça, pas à toi, fit remarquer Jack.

Tansy haussa un sourcil dubitatif.

— Tu as oublié la gourde de Clover, la dernière fois.

— Je ne pensais pas qu'il ferait aussi chaud.

Jack culpabilisa – une fois de plus. Cela faisait deux mois qu'ils étaient revenus en Cornouailles. Aujourd'hui n'était que leur seconde sortie à la plage. À vrai dire, il ne serait même pas là si la baby-sitter ne s'était pas foulé la cheville, contrainte de rentrer chez ses parents pour plusieurs semaines. Ses filles n'avaient que lui. Assurer leur sécurité matérielle ne suffisait pas. Il devait aussi être plus présent. Jouer davantage avec elles et permettre à Tansy de se relaxer.

En fin d'après-midi, il rassembla leurs affaires et proposa d'aller prendre une glace tandis qu'ils se frayaient un chemin parmi les familles, couples et groupes d'amis pique-niquant sur la plage. Une longue file attendait déjà devant le Beach Café. Mais la moue butée de Clover le dissuada de revenir sur sa promesse. Pas de glace, c'était la révolte assurée. Peut-être était-ce le café qu'il devrait racheter plutôt que le théâtre... Résigné, il prit sa place dans la queue. Son regard errait distraitement sur les gens quand il repéra un chignon noir tout devant.

Rosy avait enfilé une robe rose légère par-dessus son bikini. Élégante et décontractée avec son sac sur l'épaule, elle n'aurait pas déparé dans les rues de Paris. Elle tourna la tête au même moment et les vit, lui, Clover trépignant d'impatience et Tansy soupirant comme si c'était sa faute s'il y avait la queue. Elle agita la main en les interpellant haut et fort :

— Jack ! *Jack !* Je suis là !

— Qui c'est, papa ? demanda Clover.

Jack lui prit la main.

— La réponse à nos prières. Jouez le jeu, les filles.

Tansy plissa des yeux soupçonneux, mais ne dit rien comme il les entraînait vers la tête de la file.

— Te voilà, Rosy, lança-t-il le plus naturellement possible.

Je ne t'avais pas vue. Allez, les filles, dites à Rosy ce que vous voulez.

La ruse fonctionna. Ils dépassèrent tout le monde sans que personne n'émette d'objection.

— Merci, souffla-t-il avec gratitude. Vous êtes ma sauveuse.

Le sourire de la jeune femme l'enveloppa de sa douce chaleur.

— Je vous en prie. C'est la moindre des choses après avoir failli causer un accident. Tout le monde a fait son choix ?

Après délibérations, Clover choisit une glace au chocolat, et Tansy, une à la vanille saupoudrée de confettis en sucre.

— Et pour vous ? s'enquit Rosy.

Jack haussa les épaules.

— Je n'avais pas prévu de...

— Cerise, intervint Clover. C'est son parfum préféré.

Le sourire de Rosy s'élargit. Elle s'approcha du comptoir et passa commande, refusant de le laisser payer.

— C'est moi qui offre, insista-t-elle.

Par politesse, ils quittèrent le café avec elle et reprirent leur chemin à ses côtés.

— C'est gentil à vous, dit Jack. Clover était au bord de la crise de nerfs. Tansy avait raison, nous sommes restés dehors trop longtemps.

— Elle semble très maternelle avec sa sœur...

— Surtout depuis la mort de leur mère.

Le regard de Rosy s'emplit de compassion.

— Je suis désolée. Ce doit être difficile pour vous.

— Ça fait deux ans, maintenant. Mais il y a encore des hauts et des bas, admit Jack. Notre baby-sitter vient de partir suite à une blessure. Ça n'aurait pas pu tomber plus mal. Nous ne sommes à Polhallow que depuis peu. Les filles n'ont pas école et j'ai beaucoup à faire. Mais nous finirons bien par trouver une solution.

— Au moins, vous êtes là. Elles sont adorables, dit Rosy.

— Elles tiennent de leur mère.

Tansy et Clover, parties devant, s'étaient assises sur le muret adossé aux brise-lames pour finir leurs glaces. Lorsque Jack s'arrêta à leur hauteur, Rosy l'imita.

— Merci pour la glace, dit Tansy.

Clover la remercia également.

— Pas de quoi, répondit Rosy. Ça me fait plaisir.

— Vous avez donc décidé de prolonger votre séjour à Polhallow ? questionna Jack.

La jeune femme rougit, l'air gêné.

— Je ne vous ai pas menti, assura-t-elle. Je devais bien rentrer après la pièce. Mais Clem a reçu un rôle imprévu et m'a demandé de garder la maison et nourrir son chat. Rien ne m'empêchait de travailler d'ici pendant quelques semaines, alors me voilà.

— Tant mieux pour nous, conclut Jack. Sans vous, nous serions encore en train de faire la queue.

— Où habitez-vous ? demanda Clover. Avec papa, on vivait à Londres, mais on a déménagé ici. Êtes-vous de Londres aussi ?

Rosy secoua la tête.

— Non. Je viens d'un petit pays qui s'appelle les Asturies. Peu de gens savent où c'est. Mais je suis allée à l'école en Angleterre, alors je connais bien Londres.

— L'école me manque, dit Clover.

— Je te comprends. As-tu hâte d'être à la rentrée ?

— Pas vraiment. La mienne est à des kilomètres, pesta Tansy avec un regard noir.

Une pomme de discorde que Jack n'avait aucun désir d'aborder devant une parfaite inconnue.

— C'est une excellente école. Tu t'y plairas. Comme nous sommes arrivés peu après Pâques, je leur fais cadeau d'un long été, expliqua-t-il à Rosy. Tansy entre au collège. Ce serait idiot de l'inscrire dans un établissement juste pour un trimestre. L'école de Tansy est à une quinzaine de kilomètres. Celle de Clover est dans la ville voisine.

— Donc on ne connaîtra personne, ni ici ni là-bas, marmonna Tansy.

— C'est faux. Il y a des enfants de Polhallow qui fréquentent vos deux écoles. Vous vous intégrerez très vite.

Il avait les moyens d'envoyer ses filles dans les meilleurs établissements et c'était exactement ce qu'il comptait faire.

— Ce n'est pas facile de se faire des amis dans un nouvel endroit, compatit Rosy. Je connais justement une petite fille de ton âge. Elle, sa mère et moi allons au cinéma demain voir un film de superhéros. Ça te dirait de venir avec nous ?

Le visage de Clover s'illumina.

— Je peux, papa ? demanda-t-elle d'un ton implorant.

— Je ne sais pas, ma puce...

Il ne savait rien de cette femme, au-delà du fait qu'elle lui plaisait physiquement et qu'il avait failli la renverser.

— Nous ne voudrions pas nous imposer.

La jeune femme s'empourpra.

— Désolée, c'était maladroit de ma part d'inviter vos enfants au cinéma à l'improviste. Je peux vous donner les coordonnées de Sally, si vous voulez. Elle est de Polhallow. Sa fille, Alice, va à l'école primaire d'ici. Je serais ravie que Clover nous accompagne, et Tansy aussi si elle le souhaite.

Jack hésita.

— Sally Fletcher ?

— Oui. Vous la connaissez ?

— De vue. Elle a quelques années de moins que moi, comme votre cousine.

Il avait dû croiser Rosy, adolescent. Mais quatre ans était un gros écart à cet âge-là et il avait quitté Polhallow très jeune, alors que Clem et Sally étaient encore au collège. Néanmoins, si Rosy fréquentait Sally, elle n'était pas tout à fait une étrangère. Clover le regardait avec tant d'espoir... Pas seulement elle, mais Tansy aussi, elle qui ne réclamait jamais rien.

— Êtes-vous sûre que ça ne vous dérange pas ?

— Pas du tout, assura Rosy. À vrai dire, je n'ai pas vu le premier volet de la série. Les filles pourront me faire un résumé avant le début de la séance.

— Dans ce cas...

Clover explosa de joie avant qu'il n'ait terminé sa phrase. Jack et Rosy échangèrent leurs numéros et rendez-vous fut pris pour le lendemain, puis Rosy s'en alla. Jack admira sa prestance et sa démarche grâcieuse tandis qu'elle s'éloignait. Aucun doute, elle lui plaisait. Ce qui ne l'empêcherait pas de contacter Sally Fletcher le soir même. Attraction ou non, hors de question de confier ses filles à une inconnue. Leur sécurité passait avant tout.

3

— Papa, Alice est super sympa ! Sa maman dit que je peux venir chez elle quand je veux. Est-ce qu'elle peut venir aussi chez nous ?

Arrosa avait à peine appuyé sur la sonnette que la porte s'était ouverte. Clover s'était jetée au cou de son père, pressée de lui raconter son après-midi. Dieu merci, elle s'était bien amusée ! De retour au cottage, Arrosa avait eu des doutes. Qu'est-ce qui lui avait pris de proposer une chose pareille ? S'occuper des enfants d'un parfait inconnu ? C'était absurde ! Mais ses craintes s'étaient envolées quand elle était passée chercher les filles dans la voiture de Clem pour les emmener au cinéma. Clover et Alice s'étaient entendues comme larrons en foire, insistant pour partager leur pop-corn et s'asseoir l'une à côté de l'autre, y compris au café où le petit groupe était allé goûter après la séance.

C'était Tansy qui préoccupait Arrosa. À onze ans, la fillette démontrait une maturité inhabituelle, en vigilance constante vis-à-vis de sa sœur. Rosy reconnaissait les signes d'une enfant contrainte de grandir trop vite et endosser des responsabilités trop lourdes pour son âge. Adolescente, elle avait eu ses étés en Cornouailles et ses quatre années de pensionnat pour souffler, loin de la routine rigide de sa vie au palais Artega. Mais Tansy, elle, ne semblait jamais s'autoriser à se détendre.

Et à en croire le regard soucieux qu'il posait sur son aînée, Jack aussi s'inquiétait.

Au moins, il avait conscience du problème. Tant de parents ignoraient les difficultés de leurs enfants. Les identifier était le premier pas vers une résolution. C'était ce que lui avait appris Simone, entre autres choses que ses parents n'avaient jamais pris le temps de lui transmettre.

Tansy suivit sa sœur à l'intérieur, laissant Arrosa seule avec Jack. Son sourire reconnaissant fit voler des papillons dans son ventre.

— Où sont mes manières ? Je vous en prie, entrez, dit-il en ouvrant grand la porte.

Arrosa hésita.

— Vous devez être occupé. Je ne voudrais pas m'imposer.

Le sourire de Jack s'élargit.

— Grâce à vous, j'ai eu tout l'après-midi pour travailler. Venez prendre un café. Les filles n'ont pas été trop pénibles, j'espère ?

— Pas du tout, répondit-elle en lui emboîtant le pas.

Elle promena des yeux curieux sur le vaste vestibule cathédrale. La villa Arts déco des années 1920 perchée sur la falaise l'avait émerveillée lorsqu'elle était venue chercher les deux enfants. L'intérieur confirmait sa première impression. Aucune extension disgracieuse ou modernisation tape-à-l'œil ne venait enlaidir la maison. Elle était telle que l'architecte l'avait conçue, spacieuse et élégante. Son mobilier respectait le style Années folles tout en offrant un confort moderne, parfaitement adapté à la vie de famille.

Arrosa avait grandi entre le palais médiéval d'Artega et les appartements royaux de l'imposant château d'Oviedo où son père passait l'essentiel de son temps. Elle avait rendu visite à de nombreux chefs d'État à travers le monde. Le luxe ne lui était pas étranger. Elle avait l'habitude des édifices historiques les plus grandioses. La maison de Jack n'avait rien d'un palais, même si l'argent n'y faisait pas défaut. En témoignaient les nombreuses œuvres d'art exposées çà et là. Mais ce qui séduisit Arrosa, ce furent les photos de famille encadrées aux murs. Le meuble à chaussures rempli de sandales, baskets et bottes en caoutchouc. Le panier en osier où s'entassaient plaids et coussins. Cet endroit respirait la vie. C'était un foyer, pas un musée englué dans son opulence.

— C'est très beau, chez vous, dit-elle en suivant Jack dans la cuisine.

Une pièce immense surplombant la mer. L'îlot central était jonché de feuilles et de crayons de couleur posés à côté d'un livre ouvert. La table près de la porte-fenêtre était déjà mise pour le dîner. Jack Treloar était un bon père, cela se voyait. Il ne cherchait pas à cacher qu'il avait des enfants.

— Merci. Nous nous plaisons ici.

Il s'appuya contre l'îlot et l'invita à s'asseoir d'un geste de la main.

— J'ai grandi à Polhallow, vous savez. J'admirais cette maison autrefois et me suis juré de l'acheter un jour.

Il eut un rire embarrassé.

— Désolé. Ça avait l'air d'une réplique tout droit sortie d'un mauvais film.

— Non. Au contraire, c'est inspirant. Combien d'entre nous réalisent leurs rêves ?

Des rêves, Arrosa n'en avait aucun. Seul comptait son devoir. Elle lui enviait son ambition plus que sa réussite. Elle s'assit à l'îlot tandis qu'il lançait la bouilloire et sortait deux mugs à rayures bleu et blanc typiques de la Cornouailles.

— J'ai passé un excellent moment avec vos filles. Alice et Clover semblent déjà très complices.

Jack versa l'eau chaude dans un mug, y plongea un sachet de thé et le lui tendit.

— Tant mieux, dit-il. Elles ont besoin de nouveaux amis. Je n'ai pas réfléchi à ça en les retirant de leur école à Pâques.

Je voulais juste qu'elles soient installées avant la rentrée et profitent d'un long été à la mer. Ces deux dernières années ont été éprouvantes. J'ai pensé qu'elles avaient besoin d'une coupure. Mais elles se sentent un peu isolées. Comme vous l'avez compris, Tansy n'aime pas l'établissement où je l'ai inscrite. Elle préférerait le collège d'ici.

— C'est celui où Clem est allée et où Simone enseignait, remarqua Arrosa. C'est une bonne école, je crois.

— Moi aussi, j'y étais élève, autrefois…

Il but une gorgée de son thé, le regard perdu vers la mer.

— Votre cousine vous a-t-elle déjà parlé de moi ?

— Non, jamais. De toute façon, je n'aime pas les commérages.

Mais elle ne pouvait nier qu'il l'intriguait. Jack s'esclaffa.

— Alors vous n'allez pas aimer Polhallow. Je suis le sujet de conversation préféré du village depuis aussi longtemps que je m'en souvienne.

— À ce point ? Êtes-vous sûr que ce n'est pas votre ego surdimensionné qui parle ? plaisanta-t-elle.

— Si seulement. Mes filles sont trop jeunes pour découvrir cet aspect de mon passé. Je ne veux pas qu'elles entendent les gens remuer de vieilles histoires sur leur mère et moi. Puisque j'ai de quoi leur payer les meilleures écoles, pourquoi m'en priverais-je ?

Cet « aspect de son passé » ? Peut-être devrait-elle appeler Clem pour en savoir plus ?

— Ce n'est pas à moi de juger, éluda-t-elle. Vous seul savez ce qui est bon pour vous et vos filles.

— Désolé, dit-il avec un sourire contrit. Je n'ai jamais été très doué pour parler de la pluie et du beau temps. Vous devez me trouver bizarre.

— Pas du tout.

Elle sirota son thé, soulagée de changer de sujet. Mais cette conversation la laissait perplexe. Elle s'était attendue à échanger quelques banalités sur le film. Pas à ce qu'il se confie sur sa vie personnelle. Elle, de son côté, ne pouvait baisser sa garde. Un faux pas mettrait en péril non seulement son anonymat, mais aussi le secret de l'identité de Clem.

— Recommençons à zéro, proposa Jack. Que faites-vous dans la vie, à part garder le chat de votre cousine ?

— Je suis conseillère diplomatique, répondit-elle.

Ce n'était pas entièrement faux. Sa mission, en tant que membre de la famille royale, consistait à guider le Parlement vers les politiques qu'elle jugeait nécessaires au développement du pays.

Jack haussa un sourcil.

— Impressionnant. Donnez-vous des cours ? La diplomatie n'est pas vraiment mon fort.

— Le mien non plus, avoua-t-elle. J'ai dû apprendre.

— Et vous travaillez à distance ?

— Pas en temps normal. Mais c'est l'été, alors j'ai pu m'arranger. À vrai dire, je suis en vacances. Il y avait des années que je n'étais plus venue à Polhallow. Ça me manquait.

— Des projets pendant votre séjour ?

— Aucun, à part me relaxer, déclara Arrosa. J'étais un peu surmenée à mon arrivée. Une décision compliquée à prendre…

— Personnelle ou professionnelle ?

— Les deux. Il arrive qu'elles se mélangent.

Par chance, elle s'en était rendu compte et avait pu réparer son erreur avec Akil. Son soulagement ne lui avait pas échappé lorsqu'elle l'avait appelé, quelques jours plus tôt, pour lui proposer de rester amis et faire comme si sa demande en mariage n'avait jamais eu lieu. Elle avait bien tenté de l'encourager à revoir Clem, mais n'avait plus reçu de nouvelles, ni de l'un, ni de l'autre. Soit c'était bon signe, soit elle s'était complètement plantée en supposant qu'ils se plaisaient.

— Bon courage.

Arrosa se tourna vers la baie vitrée. La mer avait toujours eu un effet apaisant sur elle.

— Merci. C'est fou le bien qu'un peu de recul peut nous faire. Je me sens déjà beaucoup mieux. Mais je ne veux plus penser au travail tant que je suis ici. La seule chose qui devrait m'inquiéter est le nombre de calories que je consomme par jour.

Le rire grave et masculin de Jack réveilla les papillons dans son ventre.

— Moi aussi, j'avais oublié à quel point la nourriture était délicieuse ici. On trouve toutes les cuisines du monde à Londres. Mais aucune ne vaut les scones de Polhallow. Si ça continue, je vais devoir me remettre à l'exercice. Pas facile sans baby-sitter, surtout avec la montagne de travail qui m'attend. C'est une période cruciale pour la rénovation du théâtre...

Il lui glissa un regard en coin, comme pour jauger sa réaction.

— Les filles ne peuvent pas rester seules à la maison toute la journée, reprit-il. J'hésite à m'adresser à une agence. Elles ont déjà subi tellement de changements en si peu de temps... Et si elles ne s'entendaient pas avec la nouvelle baby-sitter ?

— Je pourrais les garder de temps en temps, offrit Arrosa sur une impulsion.

Pas seulement parce qu'elle avait du temps libre. Elle se faisait du souci pour Tansy, même s'il était évident qu'elle vivait dans un environnement stable et heureux. Arrosa savait mieux que personne ce que c'était de se sentir trop jeune responsable d'autrui. Elle connaissait aussi l'importance de lâcher prise et s'amuser. Peut-être ne ferait-elle aucune différence dans la vie de Tansy. Mais elle ne s'avouerait pas vaincue avant d'avoir essayé.

Le fait qu'elle apprécie la compagnie de Jack ne gâchait rien. Elle était sensible à ses moindres mouvements. À la façon dont la lumière sculptait ses traits. Dont le bleu de ses yeux s'assombrissait quand il évoquait un sujet personnel. Au dessin sensuel de ses lèvres...

— Je ne peux pas vous demander ça, protesta-t-il.

Mais elle sentait que son offre l'intéressait.

— Oh ! je ne propose pas d'être baby-sitter à domicile. Je ne suis pas qualifiée. Mais je serais ravie de les conduire chez Sally ou les emmener à la plage certains après-midi. Nous pourrions aussi retourner au cinéma. Ça me donnera l'occasion de suivre les sorties de l'été.

— Je suis tenté...

Leurs regards se happèrent. Arrosa éprouvait l'étrange sensation de le connaître depuis toujours. Son attirance pour lui grandissait de seconde en seconde. Comment un homme qu'elle venait à peine de rencontrer pouvait-il lui faire autant d'effet ?

— Mais ce serait profiter de votre générosité.

— Prenons les choses au jour le jour, suggéra-t-elle. Si je suis libre et que vous avez besoin d'aide, très bien. Mais je n'aurai aucun scrupule à refuser si j'ai d'autres projets. Et si vous décidez que vous préférez un mode de garde plus structuré, je comprendrai.

— Ça semble trop beau pour être vrai. Attendez de les voir à leur pire moment... Restez dîner et si vous survivez, nous discuterons de la rémunération.

Il était hors de question pour Arrosa d'accepter le moindre paiement. Elle n'avait nul besoin d'argent. Mais personne n'avait jamais offert de la rémunérer avant. La rente généreuse qu'elle recevait n'était pas la même chose. C'était gratifiant de s'entendre dire qu'elle méritait un salaire.

Elle ignorait ce que Jack faisait dans la vie. Il était riche, à en juger par la maison et son mobilier. Ou encore sa façon de s'habiller. Même son jean et sa chemise en lin semblaient sur mesure. Le lin était quasi translucide et le jean, bas sur ses hanches, dessinait ses cuisses musclées. Arrosa déglutit.

— Qu'y a-t-il pour le dîner ?

— Des lasagnes. C'est l'un des seuls plats de mon répertoire, dit Jack.

— Avec de la salade et du pain à l'ail ?

— Bien sûr !

— J'en ai déjà l'eau à la bouche.

Elle s'installa à table et Jack lui servit un verre de vin blanc. Une part d'elle se demandait si elle avait perdu la tête. Quelle mouche la piquait de lui proposer de garder ses enfants ? Même elle percevait leur indéniable alchimie malgré son peu d'expérience en la matière. Elle était une princesse, lui un veuf avec deux jeunes enfants. Ni lui ni elle ne pouvait se permettre une amourette de vacances – aussi grande que soit la tentation.

D'un autre côté, ne s'était-elle pas promis un été où elle puisse être juste elle-même ? Ce n'était qu'un dîner. Chaperonné par ses filles, qui plus est. Où était le mal à en profiter ?

Les étés anglais étaient connus pour être capricieux. Cette réputation se confirma à mesure que le mois avançait. Les chaudes journées de début juin cédèrent la place à de fréquentes averses entrecoupées d'éclaircies. Le genre de météo qui obligeait à emporter crème solaire, chapeaux, K-way et bottes en caoutchouc à chaque sortie, même pour une courte balade. Jack commençait à manquer d'idées pour distraire Tansy et Clover. Leur offrir un long été n'était peut-être pas l'idée du siècle, tout compte fait. Des semaines d'aventure et d'exploration semblaient idylliques sur le papier. Mais l'organisation pratique se révélait plus compliquée que prévue. Surtout pour un père célibataire.

C'était le plus gros inconvénient d'élever seul ses filles. Personne ne lui mettait les points sur les *i* quand il manquait de bon sens. Quoique Lily se soit volontiers déchargée sur lui de ce genre de responsabilité. Elle aurait sûrement applaudi l'idée et donné de faux espoirs aux filles en inventant mille projets mirifiques, avant de les confier à la baby-sitter et disparaître tout l'été entre garden-parties et soirées mondaines. À la rentrée, elle aurait voulu inscrire Tansy en pension plutôt que comme demi-pensionnaire au collège de la ville voisine. Elle lui avait déjà suggéré l'idée alors que Tansy n'avait que huit ans ! Il l'entendait encore, avec ce petit rire cristallin qui le charmait autant qu'il l'agaçait...

« Mais, chéri, les filles à cet âge sont difficiles. Je suis bien placée pour le savoir. Elle aurait besoin d'être plus encadrée, tu ne crois pas ? »

Non, Lily ne lui apporterait ni soutien, ni conseils avisés. À bien des égards, il avait toujours élevé seul leurs filles. Alors pourquoi se sentait-il si démuni ? Peut-être parce que Tansy entrait dans un âge délicat ? Il connaissait mieux que personne l'importance d'un foyer stable à cette période. Surtout si la petite enfance avait été chaotique. Sa propre enfance l'avait été malgré la bonne volonté de sa mère. Cela s'était répercuté sur son adolescence, durant laquelle il avait multiplié les bêtises au point de passer très près du casier judiciaire. Lily, par contraste, n'avait jamais manqué de rien. Elle se croyait invincible et adorait flirter avec le danger. C'était pour cela qu'elle avait commencé à le fréquenter. Quoi de plus rebelle que sortir avec le voyou du village ? Tomber enceinte et l'épouser avait été le pied de nez ultime aux ambitions de ses parents pour elle.

Lily adorait leurs filles. Mais elle était impulsive et irréfléchie. Tansy, en particulier, avait conscience du tempérament versatile de sa mère. Sa mort l'avait rendue encore plus anxieuse. Le déménagement ne l'avait guère réjouie. Mais si Jack avait choisi de retourner en Cornouailles, c'était en partie pour l'ancrer dans un environnement plus calme, moins trépidant que la capitale.

— Dépêchez-vous, les filles ! répéta-t-il pour la énième fois.

Sans grand succès. Clover était dans sa bulle et Tansy traînait des pieds en faisant la tête. Un rendez-vous d'affaires au théâtre n'avait rien de très excitant pour elles. Peut-être aurait-il dû accepter l'offre de Rosy ? Elle paraissait sincère et les filles l'appréciaient. Mais il avait été réticent à la recontacter. Pas parce que le dîner à la maison s'était mal passé. Au contraire. La conversation avait été fluide et la soirée riche en éclats de rire. Rosy avait trouvé naturellement sa place parmi eux, à tel point qu'à la fin du repas les filles agissaient comme si elles la connaissaient depuis toujours. Or ce n'était pas le cas. Jack ignorait qui elle était vraiment et combien de temps elle comptait rester. Ce dernier point était crucial. Clover s'entendait avec tout le monde. Mais Tansy était moins sociable et semblait vraiment s'être liée d'amitié avec Rosy. Il y avait longtemps qu'il ne l'avait plus vue aussi volubile, ni entendue rire autant. C'était pour cette raison qu'il n'avait pas demandé à Rosy de les garder. La jeune femme n'était que de passage. Mieux valait éviter que les filles s'attachent trop à elle.

Cela le concernait aussi. Son attirance pour elle n'avait fait que se confirmer au fil de la soirée. Mais les aventures sans lendemain, ce n'était pas pour lui. Sa vie était assez compliquée comme cela.

— Rosy !

Jack leva la tête. Comme surgie de ses pensées, Rosy arrivait en sens inverse, vêtue d'un jean et d'un T-shirt turquoise sous un long cardigan gris. Une tenue banale, mais qui, sur elle, prenait des airs de haute couture.

Le visage de Rosy s'éclaira.

— Tansy ! Clover ! Je pensais justement à vous.

Elle se tourna vers lui.

— Bonjour, dit-elle plus timidement.

— Bonjour.

L'espace d'un instant, ils restèrent là à se regarder. Jack se perdait dans ses grands yeux noisette aux reflets ambrés. Dans la douceur de son sourire. Clover rompit le charme en s'accrochant au bras de Rosy.

— C'est vrai ? Pourquoi tu pensais à nous ?

— J'avais une leçon de surf ce matin avec Dan. Il m'a dit que vous étiez toutes les deux très douées. Je n'ai pas eu droit au même compliment. Dire que je m'en sortais si bien autrefois... Un conseil, les filles. N'arrêtez jamais ou vous perdrez tous vos acquis.

Son soupir dépité fit glousser les deux fillettes.

— Et vous ? Où allez-vous ?

— Papa a un rendez-vous au théâtre, répondit Clover. On va s'ennuyer...

— S'ennuyer, au théâtre ? Impossible. Il y a la scène, l'auditorium et plein d'endroits à explorer. Vous n'aimez pas ça, le théâtre ?

— Moi, si, dit Tansy. C'était ma matière préférée à l'école. J'aurais dû jouer le rôle principal de la pièce de fin d'année. Mais on a déménagé.

La fillette battit des cils, au bord des larmes. Jack était atterré. Dans sa hâte de quitter Londres, il avait complètement oublié la pièce. Une négligence inexcusable. Tous les élèves de dernière année de primaire ne pensaient qu'à cela. Surtout Tansy qui rêvait d'en faire partie depuis son tout premier jour d'école.

— Il y a une troupe au village qui joue à l'amphithéâtre, leur apprit Rosy. C'est comme ça que ma cousine Clem a commencé. Maintenant, elle est actrice professionnelle. Je suis sûre qu'elle serait ravie de te donner des conseils.

— Vraiment ?

— Bien sûr ! Elle adore discuter théâtre. Elle pourrait même te recommander au groupe, si ton père est d'accord.

— Ce serait génial !

Tansy se tourna vers lui, le regard brillant d'espoir.

— Tu veux bien, papa ?

— C'est une bonne idée. Je vais y réfléchir.

Il devait d'abord s'attirer la sympathie de la troupe. La dernière chose qu'il voulait était que Tansy soit ostracisée à cause de lui.

— Viens avec nous ! s'exclama Clover.

Sa sœur seconda l'invitation.

— S'il te plaît. Ce sera plus amusant si tu es là.

— Ça suffit, les filles, intervint Jack. Rosy a sûrement mieux à faire que nous accompagner à un rendez-vous d'affaires.

Mais la jeune femme ignora la perche qu'il lui tendait.

— À vrai dire, j'aimerais venir si ça ne vous dérange pas. Ma tante, Simone Beaumont, adorait ce théâtre. Le premier été que j'ai passé ici, elle se démenait à envoyer des demandes de subventions et organiser des collectes de fonds. Le jour de sa réouverture après la restauration, le conseil municipal l'a chaleureusement remerciée. C'est grâce à elle que le théâtre a été sauvé. Il était censé être démoli, vous comprenez. De toutes les causes qu'elle défendait, celle-là était celle qui lui tenait le plus à cœur. Parfois, je me demande si c'est ce qui a poussé Clem vers le théâtre. Pour que sa mère la voie sur scène... Simone était une femme très active, mais elle ne manquait jamais une représentation.

Jack plissa des yeux soupçonneux. Non, Rosy semblait vraiment ne rien savoir de ses projets. Auquel cas, s'il parvenait à lui faire partager sa vision, peut-être convaincrait-elle sa cousine qu'il œuvrait pour le bien de la communauté ?

— Venez. Vous êtes la bienvenue.

En fin de compte, il se félicita de la présence de Rosy à son rendez-vous. Investir dans un théâtre était nouveau pour lui. Il avait besoin d'être conseillé par des professionnels. D'ordinaire, il était l'investisseur que l'on courtisait, pas l'ennemi contraint de se justifier. C'étaient les autres qui engageaient des experts en relations publiques pour le rallier à leur cause, pas l'inverse. Il était important qu'il donne une bonne image de lui. Pendant qu'il exposait son projet lui parvenaient les rires de Rosy et des filles, occupées à explorer chaque recoin du théâtre. Toutes trois finirent par investir la scène, où Rosy et Clover paraissaient jouer une minipièce sous la direction de Tansy.

Jack les observa un instant. Quelle joie de voir Tansy agir comme une enfant de son âge ! Si seulement cela arrivait plus souvent. Peut-être avait-il tort de s'inquiéter de ce qui se passerait après le départ de Rosy. Pourquoi ne pas accepter son offre de baby-sitting, tout bien réfléchi ? Quant à lui, ce n'était pas parce qu'elle lui plaisait qu'il devait tenter quelque chose. Il savait se tenir.

Le rendez-vous s'acheva et les conseillers de l'agence s'en allèrent après avoir pris de nombreuses photos. Jack consultait ses mails, installé en haut des gradins, quand Rosy vint le rejoindre. Sur scène, les filles continuaient à débattre avec animation de qui devait se placer où.

— Une star est-elle née ? plaisanta-t-il.

Ses fossettes lorsqu'elle souriait lui donnaient un charme fou.

— C'est Clem l'actrice, pas moi. Tansy gagnerait à la rencontrer. Votre fille a un vrai talent pour la scénographie.

— Et vous, ça ne vous a jamais tentée ?

— Jamais, répondit-elle dans un rire. La scène, ce n'est pas mon truc. Mais d'une certaine façon, je joue un rôle moi aussi, celui d'une femme affirmée et sûre d'elle. Clem m'a enseigné quelques techniques très utiles. Comment respirer, comment me tenir, comment inspirer confiance... Simone aussi m'a préparée à prendre la parole face à tous types de publics. Elle était la personne la plus pragmatique que je connaisse. Une qualité dont a hérité Clem. Toutes les deux m'ont appris à me concentrer sur l'essentiel. Je leur dois beaucoup.

— Vous faites un métier exigeant, commenta Jack. Vous

semblez jeune pour occuper une telle fonction. J'imagine toujours les diplomates plus âgés...

— C'est vrai que je suis jeune pour certaines de mes responsabilités, convint Rosy. Mais la politique est une affaire de famille. Je suis née dedans. Ce qui compte, ce n'est pas moi en tant que personne, mais ce que je représente. C'est pourquoi ça aide de jouer un rôle. Et vous ? Quel est votre projet ici ? Monter votre propre comédie musicale ?

Jack s'esclaffa.

— Non. Moi non plus, la scène, ce n'est pas mon truc. C'est ce théâtre en particulier qui m'intéresse.

— De quelle façon ?

Il prit une grande inspiration. C'était le moment de marquer des points.

— J'aimerais contracter un bail à long terme et pousser plus loin sa réhabilitation. L'idée est d'en faire un vrai atout pour la communauté, pas de l'en priver.

Sa voix avait enflé à mesure qu'il parlait. Les yeux de la jeune femme s'agrandirent.

— Vous semblez prendre les choses très à cœur, remarqua-t-elle.

Jack serra les dents.

— Je ne suis pas le seul. D'après le village et votre cousine, mon projet va à l'encontre de ce qu'est ce théâtre. C'était l'objet de mon rendez-vous d'aujourd'hui. Je dois faire appel à une agence de relations publiques pour contrer les idées reçues sur ce que j'essaie d'accomplir. Le conseil municipal devra bien accepter la location. Cet endroit coûte cher à entretenir. Ce sera une charge en moins pour eux. Mais je préférais avoir le soutien du village plutôt que réendosser mon rôle de fauteur de troubles.

Rosy fronça les sourcils.

— Est-ce ainsi qu'on vous voit ? Ce n'est pas l'image que j'ai de vous. Celle d'un expert en lasagnes, oui. D'un père aimant et d'un homme dévoué à sa communauté. Mais pas celle d'un fauteur de troubles. Et je suis plutôt douée pour cerner les gens.

Les mots de Rosy le réconfortèrent. Peut-être un nouveau départ était-il vraiment possible ? Au moins auprès des nouveaux venus.

— Les habitants de Polhallow ont la mémoire longue. Les Treloar ont mauvaise réputation. Ça me serait égal s'il n'y avait pas mes filles...

Il se reprit.

— Non, à vrai dire, ça ne m'est pas égal. Ça ne l'a jamais été.

Cet accès d'honnêteté le surprenait, tant envers Rosy qu'envers lui-même.

— À l'époque, au lieu de détromper les gens, j'ai pris le parti inverse. Je suis devenu le vaurien pour lequel tous me prenaient. Puis j'ai changé, mais ils ont continué à ne voir que ce qu'ils voulaient voir. C'est encore le cas aujourd'hui. Peu importe ce que je fais. Ils apprennent que j'ai des projets pour le théâtre et imaginent le pire à cause des actions d'un adolescent paumé. Mes filles méritent mieux que ça. Je veux que les gens les respectent, elles, leur nom et leurs origines.

— Une ambition louable, approuva Rosy.

La bénédiction tacite de la jeune femme à ses projets atténua son amertume.

— Voulez-vous savoir ce que j'ai en tête ?

— Avec plaisir, répondit-elle.

— Venez avec moi.

C'était une opportunité en or de faire bouger les choses. Clem avait de l'influence. Si sa propre cousine le soutenait, la bataille était peut-être déjà à demi gagnée. Mais alors qu'il développait ses idées plus en détail, ce n'était pas le village qu'il cherchait à impressionner, mais une seule et unique personne.

Rosy.

4

Arrosa ne prétendait pas s'intéresser aux projets de Jack par pure politesse. L'allusion à sa réputation passée avait piqué sa curiosité, tant elle semblait être le moteur de sa démarche. Et plus la visite avançait, plus elle était transportée par sa vision. En l'écoutant, elle pouvait sentir l'excitation du public dans l'air. L'odeur de maquillage. La chaleur des projecteurs. La passion de Jack donnait vie au hall d'entrée convivial, au café avec vue sur la mer, ou encore aux balcons transformés en loges de première classe. Celles des acteurs aussi, actuellement plus proches du vestiaire d'école, seraient rénovées, et des espaces VIP viendraient s'y ajouter en coulisses.

— Mon but est d'attirer la crème de la crème, expliqua-t-il avec un engouement communicatif. Les meilleures troupes de danse et de théâtre, les meilleurs opéras, les meilleurs comédies musicales et concerts… Il n'y avait rien de semblable dans les environs quand j'étais enfant, ce qui rendait cette culture inaccessible aux gens comme moi. À mon arrivée à Londres, j'étais intimidé par les théâtres et les musées. Je pensais que je n'y avais pas ma place. Je refuse que les enfants d'ici grandissent en pensant la même chose. Polhallow pourrait devenir une destination prisée toute l'année pour sa scène vivante. Mais le théâtre resterait accessible à ses habitants. Qu'en pensez-vous ?

Arrosa imagina le petit espace buvette en vrai bar résonnant d'échanges animés.

— Honnêtement ? Je suis emballée !

Elle le pensait. L'ennui était que Clem s'opposait à tout changement dans la configuration actuelle. Peut-être sa sœur était-elle mal informée des projets de Jack ? Sa loyauté envers sa mère pouvait la rendre butée, alors même que ses ambitions pour le théâtre rejoignaient celles qu'Arrosa venait d'entendre.

— Je crois en effet qu'il y a un vrai problème de communication, ajouta-t-elle. Tout le monde dit qu'il faut sauver le théâtre. Mais je ne vois pas en quoi vous le mettez en péril.

— Je m'y suis mal pris, reconnut Jack, sa frustration palpable. C'était idiot de foncer tête baissée sans préparer le terrain. Je n'ai pas l'habitude d'être le porte-parole. Je suis plutôt un homme de l'ombre. Quand les gens ont appris pour le bail à long terme et les travaux envisagés, toutes sortes de rumeurs ont commencé à circuler. Vous comprenez pourquoi j'ai besoin d'un conseiller en image.

— Retourner l'opinion publique peut être un travail de longue haleine. Mais sachez que toute opposition est rarement personnelle.

Arrosa en savait quelque chose. Cela faisait des années que son père, ayant perdu tout espoir d'avoir un fils, travaillait à amender des lois de succession caduques afin de faire d'elle la future reine des Asturies. Huit ans, c'était le temps qu'il leur avait fallu pour faire évoluer les mentalités et rallier tous les partis d'opposition à leur cause. Huit ans qu'elle, Arrosa, se livrait à un subtil jeu d'équilibriste, s'efforçant de prouver ses qualités de monarque sans pour autant donner l'impression de convoiter le trône. Huit ans qu'elle soignait son image de princesse exemplaire, diplomate et compétente. Et ce n'était que le début. Toute sa vie devrait désormais être à la hauteur de la promesse de ces huit longues années d'audition au rôle de reine.

— Papa, j'ai faim !

Clover grimpa sur les gradins pour les rejoindre.

— Est-ce que Rosy peut venir manger chez nous comme la dernière fois ?

Devant l'hésitation de Jack, elle lui chercha une porte de sortie.

— C'est que… J'avais décongelé un poulet…

La mine déçue de Clover lui fit de la peine.

— Mais pourquoi n'est-ce pas vous qui viendriez déjeuner chez moi, pour changer ?

Une fois de plus, elle avait parlé sans réfléchir. Avait-elle oublié toutes les raisons pour lesquelles s'impliquer avec la petite famille était une mauvaise idée ?

Jack la dévisagea comme pour s'assurer qu'elle ne les invitait pas par obligation. Arrosa perçut sa méfiance derrière ce qui pouvait si facilement passer pour de l'arrogance ou une trop grande confiance en soi, laissant entrevoir l'adolescent incompris qu'il avait dû être.

— Vous êtes sûre ? Ça fait beaucoup de bouches à nourrir…

— Oh ! je ne promets rien d'aussi spectaculaire que vos lasagnes, plaisanta-t-elle. Mais je peux vous préparer un poulet à l'asturienne aromatisé à l'ail et au citron, accompagné de salade fraîche et de pommes de terre rissolées, le tout relevé de ma sauce piquante secrète. Qu'en dites-vous ?

Clover approuva avec son exubérance habituelle. Quelques minutes plus tard, Arrosa se retrouvait embarquée dans la voiture de Jack, direction le cottage. Il se gara à côté du portail en bois et tous remontèrent l'allée vers l'entrée dans une joyeuse cacophonie.

— Tu habites ici ? demanda Clover comme elle ouvrait la porte.

— Non, c'est chez ma cousine Clem. Mais je m'y sens chez moi. J'ai plein de souvenirs heureux ici.

Le cottage était ancien. Certaines parties dataient de l'époque élisabéthaine. Le large vestibule comprenait un placard où ranger manteaux et chaussures, un porte-chapeaux, ainsi qu'une petite table flanquée de chaises. Une porte de chaque côté menait à deux pièces carrées et basses de plafond : le salon à gauche, une salle à manger à droite faisant aussi bureau et bibliothèque. Le quartier général de Simone Beaumont, où s'organisaient ses campagnes et se réunissaient les activistes. La longue table en bois avait plus souvent servi à peindre des pancartes qu'à y prendre des repas. La cuisine occupait tout l'arrière du cottage, avec d'un côté une vieille banquette en cuir usé et une table en pin, et de l'autre, des buffets en bois peints d'une jolie couleur cyan et un plan de travail à l'ancienne. L'escalier montait de la cuisine vers les trois chambres et la salle de bains à l'étage. Un lieu alliant charme et simplicité, qui se vendrait une petite fortune en tant que résidence secondaire au vu de la popularité de Polhallow comme destination de vacances.

Les murs disparaissaient derrière des peintures colorées et des posters encadrés, et d'innombrables photos encombraient chaque table et étagère. Jack s'approcha de celles ornant le vaisselier de la cuisine, essentiellement de Clem sur scène. Il y en avait aussi de Simone, le plus souvent une pancarte à la main, à la tête de telle ou telle manifestation. Mais d'autres la montraient plus jeune : l'étudiante chic qui avait séduit un futur roi, la globe-trotter sur le pont d'un bateau, la jeune mère serrant Clem contre son sein. Arrosa n'apparaissait nulle part, au cas où quelqu'un la reconnaîtrait. Mais elle savait que dans la chambre de Simone, en place d'honneur sur la table de nuit, trônait une photo d'elle et Clem.

— Votre tante était mon professeur à l'école, dit Jack. C'était une femme franche et très énergique, mais toujours à l'écoute.

— C'est de famille, commenta Arrosa en riant. Clem est pareille.

— Ça vaut pour votre famille aussi ?

Elle songea à son père, roi avant tout, et à sa mère qui dissimulait ses émotions derrière une façade toujours souriante.

— Eh bien, ce sont des diplomates. C'est une seconde nature chez eux, même à la maison.

— N'est pas un peu… froid comme ambiance familiale ?

Froid ? Pas exactement. Guindé, oui.

— Ils attendent beaucoup de moi, c'est vrai. C'est pour ça que j'aimais venir ici. Tout ce que j'avais à faire était d'aider à peindre des pancartes ou participer à des ventes de gâteaux. Un été, Clem et moi nous sommes essayées au tricot solidaire, mais nous n'étions vraiment pas douées ! Simone était comme une seconde mère pour moi.

— Vous avez eu de la chance de l'avoir, remarqua Jack.

Elle acquiesça.

— Je ne suis pas la seule. Pour beaucoup, elle faisait partie de la famille. Elle avait un don pour réunir les gens. D'où vos difficultés avec le théâtre. Les gens craignent que vos projets ne réduisent à néant ce qu'elle a accompli. C'est grâce à elle si le théâtre est toujours debout, vous savez. Mais je suis certaine que vos idées lui plairaient.

— Vraiment ?

La mine sombre de Jack s'éclaira. Le cœur d'Arrosa s'emballa.

— Votre timing laisse peut-être à désirer, continua-t-elle. La mort de Simone est encore récente. Clem est toujours en deuil. Ça peut expliquer pourquoi les habitants se sont ligués contre vous. Pour eux, défendre le théâtre, c'est une façon d'entretenir sa mémoire, surtout si vos idées sont perçues comme menaçant son héritage. Écoutez leurs craintes. Montrez-leur que vous avez besoin de leur expérience. Que votre projet ne peut aboutir qu'avec eux. Qu'il ne s'agit pas de *détruire*, mais de *poursuivre* ce qui a été commencé. Pourquoi ne pas inclure la campagne de restauration initiale dans vos brochures explicatives ? Une partie du théâtre pourrait être nommée d'après Simone ?

Jack garda le silence, l'air pensif.

— Vous avez peut-être raison, dit-il après un moment.

— Un point de vue extérieur est toujours utile, décréta Arrosa.

— Je reconnais la diplomate habituée à négocier. Aucun traité ne doit vous échapper.

— Je ne dirais pas ça...

— Merci, Rosy. Vous m'avez donné matière à réflexion.

Il souleva une photo de Simone debout devant le théâtre, tout sourire.

— Si vous êtes d'accord, j'aimerais que vous jetiez un coup d'œil aux idées que va me soumettre l'agence de relations publiques. Votre avis me serait précieux.

— Avec plaisir.

Arrosa se sentit devenir écarlate. C'était idiot d'être aussi touchée. Mais elle n'avait pas l'habitude qu'on lui dise merci. Les seuls retours qu'elle recevait sur son travail venaient de la presse, des tabloïds et des réseaux sociaux, qui trouvaient rarement un juste milieu entre critiques et flagornerie.

Préparer le déjeuner ne prit pas longtemps. Elle sortit la jolie vaisselle à fleurs que Simone avait achetée dans une brocante des années plus tôt, ainsi que les couverts anciens incrustés de nacre qu'elle lui avait offerts à l'un de ses anniversaires.

Après le repas, tous s'installèrent autour de la table pour un jeu de Serpents et Échelles.

— Cette maison est trop belle ! On se croirait dans un conte de fées ! s'extasia Clover.

— N'est-ce pas ? J'avais de la chance de passer mes vacances ici, enfant.

— Et chez toi, comment c'est ? demanda Tansy. Est-ce que ça ressemble à ici ?

Arrosa réfléchit à la réponse à donner. Comment souligner le contraste entre le chaleureux petit cottage et l'imposant palais Artega sans révéler qui elle était vraiment ? Elle avait grandi entourée d'hectares de terrain où courir et monter à cheval. De bois où construire des cabanes. Il y avait même un lac où aller se baigner. Mais elle s'y était toujours sentie profondément seule. Elle en garderait de meilleurs souvenirs si sa sœur y avait vécu avec elle plutôt qu'à des milliers de kilomètres de là.

— Pas vraiment. Je suis fille unique...

Chaque fois qu'elle disait cela, elle avait l'impression de trahir Clem.

— Mes parents sont des diplomates. Nous vivons dans des logements de fonction, pas dans notre propre maison.

Ce n'était pas un mensonge. Le domaine ancestral et le château à Oviedo où résidait son père la plupart du temps appartenaient à la Couronne, pas à sa famille. Les Artega n'en étaient que les gardiens.

— Il faut toujours faire attention à ne pas abîmer les meubles anciens, raconta-t-elle. Je ne me plains pas. J'ai énormément de chance. J'ai beaucoup voyagé et rencontré des gens importants. Il y a tant de choses que je n'aurais pas vues si j'avais eu une vie différente. Mais c'est dans ce cottage que je me sens le plus chez moi. Je suis contente d'y passer l'été. Ça me rappelle mes vacances d'autrefois.

Tansy lança le dé et déplaça triomphalement son pion le long d'une longue échelle, au grand désarroi de Clover.

— Mais Polhallow est minuscule. Tu devais t'ennuyer ici chaque été...

— M'ennuyer ? Jamais !

Arrosa alla chercher le gâteau qu'elle avait acheté plus tôt au café de Sally, le découpa en parts généreuses et le plaça sur la table.

— Parfois, Tansy, il faut savoir se créer ses propres

aventures. Clem et moi trouvions toujours quelque chose à faire, assura-t-elle. Quand nous n'étions pas occupées à surfer ou faire de la planche à voile, nous allions nager et manger des glaces. Nous avons aussi construit notre propre parcours d'obstacles dans les bois, derrière la maison. Il nous arrivait même de camper dans le jardin. Un été, il faisait si chaud que nous n'avons pas dormi à l'intérieur pendant un mois ! Nous voulions fabriquer une douche et des toilettes extérieures, mais Simone a dit non. Enfin, c'était surtout Clem. Moi, j'étais bien contente de prendre une vraie douche à la salle de bains.

— Du camping ! s'exclama Tansy. Je n'en ai jamais fait...

Elle se tourna vers son père.

— Papa, tu veux bien acheter une tente ? On pourrait dormir dans le jardin comme Clem et Rosy. J'ai toujours voulu essayer !

Jack remercia Arrosa et se servit une part de gâteau.

— Tansy, dans combien de parcs d'attractions es-tu allée en vacances ? Et tu te souviens de cette station balnéaire en Sardaigne avec ses cinq piscines et toutes ses activités ? Tu es sûre de vouloir dormir sous une tente ?

— Ce serait génial ! s'exclama-t-elle d'un air excité.

— S'il te plaît, papa ! renchérit Clover. Moi aussi, j'ai envie d'essayer !

Arrosa ne put s'empêcher de rire.

— Ça fait très longtemps que je n'ai plus campé. J'avais adoré à l'époque. Attention, tout n'est pas rose, les prévint-elle. Il faut avoir assez de couvertures, mais pas trop. Par moments, on meurt de chaud et après, on grelotte ! Si on doit aller aux toilettes au milieu de la nuit, il faut traverser tout le jardin. Mieux vaut avoir des bottes, sinon, on a les pieds trempés. Sans oublier qu'il arrive que des insectes se glissent dans la tente... Mais rien ne vaut ces moments assis autour d'un feu à se raconter des histoires en faisant griller des chamallows.

Les filles buvaient ses paroles, des étoiles dans les yeux. Mais Jack, nota-t-elle, avait les lèvres pincées. Avait-elle manqué une occasion de se taire ?

— Cela dit, la Sardaigne, ça a l'air génial, tenta-t-elle de se rattraper. Et puis, vous avez une piscine. Si Clem et moi en avions eu une à l'époque, nous ne l'aurions pas quittée de l'été.

Sa tentative échoua lamentablement. Tansy se tourna vers son père, le regard implorant.

— S'il te plaît, papa, est-ce qu'on peut aller camper ?

— Désolé, Tansy, c'est hors de question, décréta Jack.

— Mais...

— J'ai dit non. Fin de la discussion.

Arrosa le dévisagea avec surprise. Il lui donnait l'image d'un homme aimant le grand air. Sa musculature, qui ne laissait pas de l'impressionner, n'était pas celle d'un accro à la salle de sport, mais de quelqu'un habitué à mettre la main à la pâte et donner de sa personne. S'il avait grandi à Polhallow, il avait dû passer beaucoup de temps dehors. Où était le mal à dormir quelques nuits sous la tente ?

Leurs regards se croisèrent, et elle sut qu'il devinait ce qu'elle pensait.

— Il est 17 heures, annonça-t-elle. Voulez-vous une bière, Jack ? Les filles, que diriez-vous d'un cacao avec des chamallows ? Nous pourrions aller le boire dans le jardin autour du brasero ?

La proposition fut acceptée à l'unanimité. Arrosa sortit deux bières pour elle et Jack, et envoya les filles chercher des bûches dans la réserve, avec l'ordre exprès de ne pas allumer de feu tant qu'elle ne serait pas venue leur montrer comment faire.

— Simone a installé ce brasero bien avant que ce soit la mode. Il faut dire que Clem et moi insistions pour aller dehors par tous les temps, dit-elle en préparant les chocolats chauds.

Elle sortit les chamallows du buffet et en jeta une poignée dans chaque mug.

— Désolée. Je ne voulais pas être intrusive. La dernière chose dont vous avez besoin est qu'on vienne vous apprendre à élever vos enfants, n'est-ce pas ?

Jack prit les mugs de cacao et alla les poser sur la table. Il savait qu'il devait une explication à Rosy.

— C'est moi qui suis désolé. Ma réaction était disproportionnée.

Il soupira.

— Je me promets sans cesse d'être un meilleur père, mais finis toujours par tout gâcher.

— Ne dites pas ça, protesta Rosy en tirant deux chaises. Je suis adulte maintenant. Moi aussi, je préfère dormir sur un bon matelas.

Jack hésita. Il devrait en rester là. Lui laisser croire que c'était une simple question de confort et que l'argent l'avait rendu snob. Mais il ne voulait pas qu'elle ait cette opinion de lui. Il avait *besoin* qu'elle comprenne, sans vraiment savoir pourquoi.

— C'est plus compliqué que ça...

— Jack, vous n'avez pas à vous justifier, intervint-elle. Quelles que soient vos raisons, je suis sûre qu'elles sont valables. Ce ne sont pas mes affaires.

Mais Jack tenait à s'expliquer.

— Comme je l'ai déjà mentionné, le nom de Treloar est méprisé par ici. Mon père, mon grand-père et même mon arrière-grand-père étaient tous des délinquants. Vous n'avez qu'à parcourir l'histoire du village pour trouver notre nom associé à maints faits de mendicité, de vol et d'ivresse publique. Ma mère est l'opposé de ça. C'est une femme sérieuse et travailleuse. Un été, elle est venue en vacances ici. Dieu sait ce qu'elle lui a trouvé, mais elle est tombée amoureuse de mon père. Alors elle est restée. Elle n'a pas tardé à déchanter, seule avec moi, obligée de cumuler trois petits boulots pour subvenir à nos besoins.

— Une force de la nature, votre mère.

Il hocha la tête.

— En effet. Les épreuves l'ont endurcie et privée de sa joie de vivre. Mais elle a fait de son mieux pour moi. Tout l'inverse de mon père.

— C'est tout à son honneur.

— Oui. Malgré les difficultés, nous partions toujours en vacances, raconta-t-il. Aujourd'hui, je comprends qu'elle aussi en avait besoin. C'était vital pour elle de s'éloigner, même quelques jours. D'aller quelque part où personne ne la jugeait ou ne la plaignait.

— Quoi de plus normal ? murmura Rosy.

— Camper était tout ce que nous pouvions nous permettre. Elle n'avait pas de voiture, alors nous prenions le bus et portions tout nous-mêmes. Nous n'allions pas très loin, juste à la frontière avec le Devon, où nous plantions notre tente dans le camping le moins cher. Nous vivions de boîtes de conserve et de saucisses cuites au feu de camp, avec des chamallows en dessert.

Il pouvait presque entendre crépiter le feu et sentir le fumet des saucisses. Une bouffée de nostalgie l'envahit.

— Avec le recul, je réalise que ces moments sont les plus heureux que nous ayons partagés. Elle avait rarement du temps à me consacrer. Mais pendant ces vacances nous étions toujours ensemble. Bien sûr, avec nos moyens limités, nous ne faisions rien d'autre que nous promener, nous baigner ou bouquiner au camping. Exactement ce dont elle avait besoin. Mais plus je grandissais, plus je prenais conscience que je ne vivais rien de ce que vivaient les autres enfants. Une année, alors qu'elle sortait la tente, je lui ai dit que ce n'était pas la peine et que je détestais camper avec elle. Pourquoi ne pouvions-nous pas avoir de *vraies* vacances comme tout le monde ?

Il secoua la tête.

— Je n'oublierai jamais son regard blessé… Elle n'a rien dit. Elle a simplement rangé la tente et nous ne sommes plus jamais partis camper. Je donnerais n'importe quoi pour remonter le temps et effacer ce moment.

— Vous ne le pensiez pas, Jack. Une mère comprend ces choses-là.

— Justement, si. Je le pensais sur le coup. Et elle le savait. Même si je me suis souvent excusé depuis, je lui ai fait mal ce jour-là. Par mes mots, mais aussi par mon mépris et mon indifférence. Exactement comme mon père.

Aujourd'hui encore, ce souvenir l'emplissait de honte.

— Vit-elle toujours ici ? s'enquit Rosy.

— Non. Elle s'est installée en Espagne il y a quelques années.

Il lui avait proposé une rente, mais elle avait refusé. Alors il lui avait acheté un bar de plage ainsi qu'une villa confortable.

— Nous avons de bons rapports aujourd'hui. Mais je lui ai causé beaucoup de soucis plus jeune. Ces vacances au camping résument assez bien mon enfance. Ma mère s'épuisait au travail pour m'offrir le minimum vital. Elle avait beau m'aimer, elle était toujours angoissée, car elle vivait dans la peur de voir mon père en moi.

Que lui prenait-il de s'épancher ainsi ? Il n'avait jamais parlé de cela à personne, pas même à Lily. Surtout pas à Lily. Elle n'avait jamais cherché à le comprendre. Elle fantasmait sur sa pauvreté parce qu'elle contribuait à son image de mauvais garçon. La réalité l'aurait dégoûtée. Voilà pourquoi il n'avait jamais évoqué son passé avec elle. C'était lui le pilier de leur mariage. Lily était l'artiste insouciante, lui le chef de famille responsable. Un rôle pesant, parfois. Mais il tenait à offrir à ses filles ce qu'il n'avait jamais eu : un foyer stable avec leurs deux parents dans leur vie. Tant pis si le prix à payer était de renoncer à ses propres aspirations. Avec Rosy, non seulement il sentait qu'il pouvait être honnête, mais il *voulait* l'être.

— La seule pensée d'une tente fait tout remonter à la surface. Pas seulement ce jour-là, mais l'isolement et la pauvreté.

Rosy se mordit la lèvre.

— Écoutez, envoyez-moi paître si je vais trop loin. Mais je comprends vos filles. J'ignore ce qu'a été votre vie. L'argent n'a jamais été un problème quand j'étais enfant. C'est même l'inverse. J'ai grandi dans l'opulence. D'un point de vue matériel, je n'ai jamais manqué de rien. Mais mes parents étaient distants et peu enclins à montrer leur affection. Petite, je passais mes vacances dans des villas somptueuses où je n'avais rien à faire, ni personne avec qui jouer. Je me fichais du confort et des piscines. Ce que je voulais, c'était des amis. De l'aventure. Des parents qui passent du temps avec moi. Voilà pourquoi j'aime tant Polhallow. Ici, j'avais Clem, Simone et plein d'autres enfants avec qui m'amuser. Ça comptait mille fois plus pour moi que les jets privés et les hôtels cinq étoiles.

— Mes filles ont les deux. Des vacances de luxe et mon attention, dit Jack.

Compensait-il par l'argent le temps qu'il ne prenait pas avec elles ? Non, il était là pour Tansy et Clover. Il l'avait toujours été.

— Peut-être. Mais elles sont à un âge où le camping a l'air d'une aventure, pas de vacances à budget réduit, continua Rosy. Laissez derrière vous vos vieux démons et emmenez-les camper. Ça pourrait être cathartique pour vous. Et puis, les choses ont changé depuis votre époque.

Elle s'empara de sa tablette et lança une recherche.

— Que pensez-vous du « glamping » ? C'est une forme de camping amélioré. Quand vous arrivez, tout est déjà prêt et vous dormez dans un vrai lit. Pourquoi ne pas faire la surprise aux filles ?

Elle lui tendit la tablette.

— Regardez, ce camping n'est qu'à quelques kilomètres d'ici. Vous pouvez choisir entre hutte de berger, yourte, tente safari et même cabane dans les arbres.

Jack parcourut le site web. Rosy avait raison. Cela n'avait plus rien à voir avec le camping de ses souvenirs : livraison de repas maison, logements meublés, chauffage au sol, sans oublier les bains privés.

— Vous m'avez convaincu. Il y a une disponibilité de dernière minute ce week-end. Ça vous dirait de venir avec nous ?

L'invitation plana dans le silence. La surprise de Rosy se comprenait. D'ailleurs, ne s'était-il pas promis de garder ses distances avec elle ? Les filles s'attachaient de plus en plus, mais elle serait partie d'ici à quelques semaines. D'un autre côté...

Il appréciait beaucoup Rosy. Il y avait si longtemps qu'il ne s'était plus confié à quelqu'un comme il venait de le faire. Lui aussi lui plaisait. Il le devinait à la façon dont elle rougissait quand leurs regards se croisaient. Dont son souffle se raccourcissait lorsqu'il s'approchait d'elle. C'était risqué de l'inviter. Mais il avait vraiment envie qu'elle soit là. Et si leur alchimie se confirmait... Pourquoi partir du principe qu'une relation était vouée à l'échec ? La flamme pouvait s'éteindre aussi vite qu'elle était apparue. Dans le cas contraire, eh bien, les Asturies n'étaient pas si loin. Si les choses évoluaient entre eux, ils trouveraient un moyen de se donner une chance.

— Pour être honnête, même le camping de luxe me rend nerveux. Un autre adulte qui aime ce genre d'endroit serait le bienvenu, prétexta-t-il.

Rosy baissa les yeux sur sa bière.

— Ce serait avec plaisir, répondit-elle.

Elle releva la tête.

— Pourquoi ne pas aussi inviter Sally et sa fille ? Alice et

Clover s'adorent. Plus on est de fous, plus on rit. C'est ça, le vrai camping.

Donc elle ne voulait pas rester seule avec lui. Avait-il mal interprété les signes ? Peut-être un veuf père de deux enfants lui faisait-il peur ? Difficile de lui en vouloir.

— Pourquoi pas ? dit-il en se levant. Je ferais bien d'apporter ces chocolats chauds aux filles avant qu'ils refroidissent.

Rosy ouvrit la bouche, mais parut sa raviser.

— Oui, bonne idée. J'ai promis de leur apprendre à allumer un feu.

L'intimité initiée par leurs confidences s'était évanouie. Sans doute était-ce mieux ainsi. Sa vie était déjà assez compliquée comme cela sans y ajouter une relation à distance ou s'exposer aux conséquences d'une aventure sans lendemain.

Mais alors qu'il suivait Rosy dans le jardin, il ne pouvait s'empêcher d'espérer. Et si cette connexion entre eux était vraiment ce qu'il croyait y voir ? Le début de quelque chose de spécial, et peut-être une seconde chance au bonheur ?

5

Jack n'était pas converti au camping, mais il devait admettre que le « glamping » marquait des points. Il avait toujours aimé le plein air et l'exercice physique. Le défi de construire quelque chose à partir de rien. C'était l'odeur de toile mouillée et des sacs de couchage qui le ramenait dans le passé. À ces nuits dans leur petite tente en plastique bon marché, quand il faisait semblant de dormir sur son tapis de sol trop fin tandis que sa mère pleurait en silence après une énième journée qu'elle avait vainement tenté d'égayer avec ses moyens limités. Pendant des années, il avait feint l'enthousiasme à tout ce qu'elle proposait pour ne pas la rendre triste. Jusqu'à la puberté où, en adolescent égoïste, il avait cessé du jour au lendemain de faire semblant.

Mais ses filles ne partageaient aucune de ses réserves et étaient enchantées par le luxueux camping. Les tentes safari étaient prêtes à leur arrivée, avec de vrais lits et des tapis moelleux réchauffant le sol en toile. Leur réservation incluait deux grandes tentes et une troisième plus petite. Les tentes principales abritaient chacune deux chambres, assez grandes pour accueillir un lit double ou deux lits simples, ainsi que des tables de nuit et des portants en bois pour les vêtements. L'avant des tentes formait une pièce en demi-cercle meublée d'un sofa en velours, de quelques poufs et d'une table basse relevable. La plus petite tente, où dormirait

Rosy, ne comprenait qu'une seule pièce occupée par un lit double d'un côté, une causeuse et une table de l'autre. Toutes étaient richement décorées dans de chaudes teintes rouge, orange et or.

À l'écart, une plate-forme en bois couverte faisait office de cuisine, équipée d'un évier, d'un four, d'un réfrigérateur et d'une bouilloire électrique, ainsi que de placards avec vaisselle, couverts et casseroles. Dans l'espace central, des banquettes entouraient un brasero enterré, assez loin des tentes pour éviter que la fumée ne rentre à l'intérieur. Des piliers aux quatre coins permettaient d'installer une bâche en cas de pluie.

— Le camping a bien évolué, plaisanta Sally durant la visite.

Les filles avaient déjà pris d'assaut le terrain de jeux, sous la houlette de Tansy. Comme toujours, cette dernière prenait son rôle d'aînée très au sérieux. Mais Jack était soulagé de la voir plus détendue. Elle souriait et ses yeux bleus pétillaient.

— J'ai séjourné dans des gîtes de vacances plus spartiates.

— Oui, c'est vraiment fabuleux, convint Rosy en consultant la brochure laissée par le guide. Il y a des repas tout prêts dans le congélateur en cas d'urgence, et aussi un menu à emporter. Waouh, il y a même un four à pizza traditionnel ! Et le camping fournit la pâte et tous les ingrédients ! Je vote pizza pour le dîner.

L'ambiance était décontractée entre les trois adultes. Mais Jack sentait Rosy en retrait. Il connaissait peu Sally. S'ils avaient grandi dans le même village, ils ne s'étaient jamais côtoyés avant du fait de leur écart d'âge. Rosy semblait délibérément les laisser seuls, comme pour favoriser leur rapprochement. Peut-être parce que lui et Sally vivaient à Polhallow et étaient tous les deux parents célibataires. Jack appréciait Sally. Mais elle ne suscitait en lui aucune attirance, contrairement à Rosy.

D'un autre côté, il avait tout à gagner à se faire des amis au village. Non seulement Sally était proche de Clem, mais elle participait à la campagne de préservation du théâtre. Était-ce pour cette raison que Rosy l'avait invitée ? Quoi qu'il en soit, ce week-end camping était une occasion en or de lui présenter son projet et prendre la température parmi ses opposants. Qui sait ? Peut-être accepterait-elle de servir d'agent de liaison entre lui et la communauté ?

L'après-midi fila à une vitesse folle entre le camping, la plage et la petite ferme locale. En début de soirée, Tansy et Clover réclamèrent à manger. Jack ne demandait pas mieux que tester le four à bois. C'est ainsi qu'avec Rosy, Sally et les filles, ils préparèrent plus de pizzas qu'ils ne pouvaient en manger. Après le dîner, ils allumèrent un feu et s'assirent autour du brasero pour faire griller des chamallows. Chacun à leur tour, les adultes racontèrent des histoires qui faisaient peur, en évitant tout de même de trop effrayer les enfants. Il y avait une éternité que Jack n'avait plus passé une aussi bonne soirée. Rosy les fit bien rire avec son histoire d'horreur comique alternant entre moments de frissons et rebondissements improbables. Peut-être n'était-elle pas actrice, mais elle savait captiver son auditoire, modulant sa voix comme si elle s'adressait à chacun personnellement.

À la nuit tombée, les filles commençaient à s'assoupir, y compris Tansy. La nouveauté de dormir sous la tente facilita grandement l'étape du coucher. Elles suivirent Sally sans rechigner à la salle de bains pour se mettre en pyjama et se brosser les dents. Clover avait supplié Jack pour qu'il lui permette de dormir avec Alice. Il l'embrassa sur le front avant de la laisser gagner l'autre tente, puis mit Tansy au lit avec un livre et une lampe torche.

Les enfants couchées, les trois adultes ouvrirent une bouteille de vin et reprirent leur place autour du feu. La journée fut passée en revue, puis la conversation glissa naturellement vers le théâtre. Jack aborda son projet avec neutralité. La dernière chose qu'il voulait était que Sally ait l'impression d'être tombée dans un guet-apens. Mais à mesure qu'il détaillait ses idées, aidé par les interventions pertinentes de Rosy, l'intérêt grandissait dans ses yeux.

— Je crois qu'il y a eu beaucoup de malentendus, déclara-t-elle en les resservant en vin. Des deux côtés.

Jack était entièrement d'accord.

— J'ai mis la charrue avant les bœufs, admit-il. Quand je vois une belle opportunité, j'ai tendance à foncer bille en tête. Vous considérez un peu ce théâtre comme le vôtre, à juste titre. J'ai négligé l'énorme investissement que vous avez fourni pour le sauver. Pas étonnant que vous me voyiez comme un ennemi. Mais j'en ai assez d'être un loup solitaire, Sally. Ce que je veux, c'est un partenariat entre moi et la communauté. J'agis pour le village, pas contre lui.

Sally hocha la tête.

— Votre projet a tout pour plaire. Je suis sûre que le comité sera d'accord une fois qu'il en aura vraiment connaissance. Pourquoi ne pas organiser une visite guidée comme avec Rosy ? Ensuite, nous reverrons ensemble certains points clés. L'aspect financier. Les questions administratives et juridiques. Les répercussions d'un théâtre plus professionnel sur les groupes locaux qui en dépendent. Soyez honnête avec nous, Jack, et voyons où ça nous mène.

Une offre généreuse, plus qu'il ne s'y était attendu. Il accepta avec gratitude.

— Ravie de voir les choses avancer. Mais je tombe de sommeil, dit Rosy en réprimant un bâillement. Mon lit m'appelle.

Jack l'imagina se glissant sous les draps, ses boucles noires caressant ses épaules nues. Il se sermonna aussitôt. C'était une chose de la trouver séduisante. Une autre de se laisser aller à fantasmer. Elle avait gardé une certaine réserve avec lui toute la journée. Le message était clair : elle n'était pas intéressée.

Sally annonça qu'elle aussi allait se coucher. Les deux femmes parties, Jack fila prendre une douche, passa un T-shirt et un pantalon de jogging et regagna sa tente. La lueur de la torche de Tansy indiquait qu'elle lisait encore. À vrai dire, il était un peu tôt pour aller dormir. Il s'installa sur le sofa avec sa tablette et se mit au travail. Il tenait à être parfaitement préparé avant sa rencontre avec le groupe de théâtre. Mais impossible de se concentrer. Ses pensées revenaient sans cesse à Rosy. Il revoyait son visage souriant éclairé par les flammes. Son expression attentive pendant que les filles racontaient leur journée.

Si seulement il l'avait rencontrée en d'autres circonstances. Rosy était la femme dont tout homme rêvait : belle, drôle, intéressante. Qu'avait-il pour lui ? Sa fortune ? Rosy n'avait visiblement rien à lui envier de ce côté. Jack avait deux priorités : assurer le bonheur de ses filles et redorer son nom. Quiconque entrait dans sa vie devait être prêt à passer après. C'était beaucoup demander. Surtout à une femme comme Rosy. Non, mieux valait laisser les amours de côté pour l'instant. Quand les filles seraient plus grandes, quand il aurait atteint ses objectifs et serait définitivement installé, alors il aurait le temps et l'énergie à consacrer à une vraie relation.

D'ailleurs, il ne savait presque rien de Rosy, si ce n'est qu'elle venait d'un petit pays quasi inconnu. Que sa famille avait le bras long et fondait de grands espoirs sur elle. Un rôle qu'elle paraissait avoir accepté, même si elle ne semblait pas totalement heureuse. Elle était très belle, mais aussi intègre et généreuse. Sa bienveillance transparaissait dans chacune de ses actions. C'était le genre de personne à proposer spontanément son aide, y compris à un étranger dépassé par ses enfants. C'était tout. Il ne connaissait aucun détail personnel comme sa couleur préférée ou le métier qu'elle rêvait de faire enfant. Ou même si elle était célibataire ou non.

Il savait qu'il la désirait.

Les mots se brouillèrent devant ses yeux. Il éteignit sa tablette. Inutile de s'acharner. Prendre l'air lui éclaircirait les idées. Un livre dans une main, un verre de vin dans l'autre, il sortit de la tente. Mais alors qu'il approchait du brasero, un mouvement attira son attention. Apparemment, il n'était pas le seul à qui le sommeil échappait. Enroulée dans une couverture sur une des banquettes, Rosy contemplait le feu, perdue dans ses pensées. Jack hésita. Était-ce vraiment judicieux de la rejoindre ? Elle tourna la tête à cet instant, et son sourire balaya la question.

Jack apparut au moment même où Arrosa pensait à lui. Garder ses distances avait été un supplice. C'était comme si un lien invisible les reliait. Toute la journée, elle avait senti ses regards à la dérobée. Surpris ses sourires étonnamment doux. Elle aussi l'avait observé allumer le feu, préparer les pizzas ou aider les filles sur la tyrolienne, incapable de détourner les yeux de sa nuque. De ses poignets. Du V de son col. À croire qu'elle cherchait inconsciemment à les graver dans sa mémoire.

— Désolé, dit-il. Vous préférez peut-être rester seule ?

Pas vraiment. Dans sa tente, elle ne faisait que tourner en rond de frustration.

— Le feu de camp est à tout le monde. Je vous en prie, venez.

— Je croyais que vous étiez fatiguée ? remarqua-t-il en s'asseyant à côté d'elle.

— Pas tant que ça, finalement. Et vous ? Réconcilié avec le camping ?

— Vous me trouvez ridicule, n'est-ce pas ?

Elle se redressa comme un ressort.

— Pas du tout ! Nous avons tous nos regrets et nos mauvais souvenirs. Chacun gère comme il peut. Faire passer vos filles avant tout est admirable.

— Parfois, je me demande si je ne surcompense pas

l'enfance que j'ai eue. Peut-être ai-je trop tendance à croire que l'argent règle tous les problèmes.

Arrosa ne savait que répondre. Une fois de plus, Jack abordait un sujet très personnel. Rien à voir avec les politesses de la Cour auxquelles elle était habituée. Se dévoilerait-il autant s'il savait qui elle était vraiment ?

— En avez-vous déjà parlé avec votre mère ? questionna-t-elle.

Pour elle, c'était inenvisageable. S'ouvrir à ses parents sur ses sentiments ? Elle ne saurait même pas par où commencer.

— Je me suis excusé plusieurs fois, répondit Jack avec un sourire las. Et j'ai placé de l'argent sur un compte pour qu'elle puisse prendre sa retraite. Mais elle n'avait aucune intention de rester les bras croisés à tout juste cinquante ans. Elle m'a fait part d'un projet qui l'intéressait. La reprise d'un bar de plage. Ce n'était pas une tocade. Les affaires marchent si bien qu'elle envisage d'en ouvrir un second.

Arrosa partit d'un grand rire.

— Votre mère a un sacré tempérament.

— Ce n'est rien de le dire. Elle craint que l'argent que je lui donne ne dure pas et s'interroge sur sa provenance. Elle ne croit qu'en ce qu'elle gagne à la sueur de son front.

On avait martelé à Arrosa que parler d'argent était inconvenant. Mais sa curiosité l'emporta.

— Que faites-vous dans la vie, exactement ? Vous avez quoi, la petite trentaine ? Avec l'enfance que vous avez eue, votre ascension a été fulgurante !

Il haussa les épaules.

— Mon parcours n'a rien d'extraordinaire. Je m'intéressais à l'informatique. Comme nous n'avions pas les moyens d'acheter un ordinateur, j'en ai bricolé un moi-même à partir de pièces de récupération. Tout le monde vous dira qu'entre quinze et dix-huit ans, je semais le chaos au village. En réalité, je passais le plus clair de mon temps chez moi à affiner mes compétences informatiques. À seize ans, je concevais des sites web pour les gens. Un an plus tard, je gagnais déjà plus que ma mère.

— Impressionnant, commenta Arrosa, admirative. Mais alors d'où vient votre réputation ? Est-ce vraiment juste votre nom ?

Il poussa un soupir.

— Mon nom, moi, ma pauvreté… C'est ce qui arrive quand vous portez des vêtements rapiécés et que vous ne faites pas toujours vos devoirs car votre mère n'a pas le temps de vous aider entre ses trois petits boulots. Vous êtes catalogué comme rebelle et paresseux. C'est injuste, mais c'est comme ça. Et à force de vous ennuyer seul chez vous, vous finissez par chercher les ennuis.

— Vous avez raison, c'est injuste, murmura-t-elle.

Ce n'était pas mieux aux Asturies. C'est pourquoi elle soutenait des programmes d'accueil avant l'école et d'aide aux devoirs. Ce n'était qu'une fraction des réformes nécessaires dans le système scolaire. Mais un petit déjeuner quotidien et un lieu calme où travailler étaient un premier pas contre le décrochement scolaire.

— À quatorze ans, je mesurais déjà un mètre quatre-vingts, poursuivit Jack. Parce que je faisais plus que mon âge, je me croyais aussi plus mûr. J'ai commencé à avoir de mauvaises fréquentations. Des gosses de riches qui passaient l'été à Polhallow. Ils étaient tous plus vieux que moi et ne pensaient qu'à boire. Et moi, je les suivais partout, fier de faire partie de la bande. Un jour, l'un d'eux a emprunté la voiture de son père dans son dos. Quand la police s'en est mêlée, ils m'ont tous fait porter le chapeau. Personne ne s'est étonné que le fils Treloar se soit offert une virée en voiture volée. Par chance, j'ai eu un bon avocat. Il n'y avait aucune preuve contre moi et les poursuites ont été abandonnées. Mais tout le monde était convaincu que je suivais le même chemin que mon père.

Rosy éprouva un élan de compassion pour l'adolescent méjugé qu'il avait été. Pas étonnant qu'il cherche tant à laver son nom.

— Mais ils se trompaient.

— Oui. Cet épisode m'a refroidi. J'ai eu de la chance d'échapper à la maison de correction. Le pire était la déception dans les yeux de ma mère. Je me suis juré de ne plus jamais la décevoir. Les quelques années suivantes, j'ai fait profil bas et me suis concentré sur l'informatique, jusqu'à mes dix-huit ans où une start-up m'a engagé. L'idée était de concevoir des applications pour des entrepreneurs en échange de parts dans le projet. C'était un pari risqué. Neuf fois sur dix, nous travaillions gratuitement et l'application tombait rapidement dans l'oubli. Mais quand l'une d'elle décollait, la récompense dépassait toutes nos espérances. Je ne gagnais plus seulement bien ma vie. J'étais en train de devenir riche.

— C'est toujours ce que vous faites ?

— Non, plus maintenant. Après quelques années, j'ai commencé à investir dans d'autres start-up, expliqua Jack. Je suis ce qu'on appelle un « business angel ». J'investis de l'argent en échange de parts dans la société. J'ai débuté en finançant une petite chaîne de cafés libanais désireuse de se diversifier. Une marque de produits de beauté bio. Un service de tech concierge. Comme avec les applications, le risque d'échec est élevé. Beaucoup ne se développent jamais. Mais avec celles qui réussissent, c'est le jackpot. Aujourd'hui, j'ai une équipe qui prospecte pour moi, en quête de petites entreprises à fort potentiel.

Arrosa écoutait, fascinée par sa ténacité et son intégrité.

— C'est pour ça que le théâtre compte autant pour vous. Vous voulez investir dans le village ?

— Et montrer aux gens d'ici qui je suis, ajouta-t-il. Je veux que mon nom soit enfin respecté. Pour une fois, je veux m'impliquer personnellement au lieu de simplement donner de l'argent et rendre mes filles fières de moi.

— Elles le sont déjà. Vous pouvez l'être aussi, affirma Arrosa. Combien d'adolescents de dix-huit ans auraient fait ce que vous avez fait ? Vous ne devez votre réussite qu'à vous-même. Aujourd'hui, non seulement vous avez de quoi vous offrir ce que vous voulez, mais vous êtes aussi un père fantastique. Vos filles ont beaucoup de chance de vous avoir.

Il y eut un silence.

— Mais l'argent ne remplace pas une mère. Je suis incapable de leur donner ce dont elles ont le plus besoin.

La conversation glissait sur un terrain dangereusement intime. Arrosa devinait que Jack n'était pas homme à ouvrir son cœur ainsi. Pourquoi elle ? Pourquoi lui faisait-il autant confiance ? De son côté, elle ne pouvait lui témoigner la même sincérité. Encore moins lui dire la vérité. C'était injuste. Ce déséquilibre lui donnait mauvaise conscience. Cela ne pouvait pas continuer.

— Je suis désolée.

Elle se leva avec un sourire poli.

— Vous êtes venu profiter d'un moment seul. Je vais vous laisser...

— Restez.

Il avait parlé si bas qu'elle crut que ses oreilles lui jouaient un tour.

— S'il vous plaît, murmura-t-il en lui prenant la main.

Un frisson courut le long de son bras. Tout son corps s'éveillait à la sensation de sa peau contre la sienne. Ses seins étaient lourds et le désir pulsait au creux de son ventre. D'eux-mêmes, ses doigts se mêlèrent à ceux de Jack.

— Je...

Elle ignorait comment réagir. Toutes les raisons pour lesquelles elle savait devoir couper court avaient déserté son esprit. Elle restait là, captive des yeux de Jack, cherchant désespérément une réponse. Il se leva d'un mouvement fluide, sans lâcher sa main. Les étoiles scintillant au-dessus d'eux semblaient leur donner leur bénédiction. Jack, en cet instant, la regardait comme si elle seule existait au monde. Ses lèvres s'incurvèrent en une invitation sensuelle qui la fit s'approcher malgré elle. Elle promena un index le long de sa mâchoire.

— Jack...

Était-ce une prière ou une protestation ? Elle-même n'aurait su le dire. Sa barbe de trois jours était délicieusement rugueuse. Il ne bougea pas lorsque son index glissa vers sa bouche. Dans ses yeux luisait un désir qu'elle n'avait jamais suscité avant. C'était grisant de se découvrir un tel pouvoir. Enfin, il pencha la tête et couvrit ses lèvres des siennes.

Ce fut explosif. Une déflagration de sensations comme chacun faisait l'autre sien dans un baiser sans retenue. Arrosa l'enlaça, si étroitement qu'elle sentait le moindre relief de son corps sculpté, dur comme le roc contre le sien. Ses mains erraient partout, sur ses épaules, dans son dos, explorant et caressant. Celles de Jack avaient plongé dans ses cheveux et tiraient pour lui renverser la tête en arrière. Arrosa n'avait rien contre. Son baiser avait un goût de vin et de sel, aussi enivrant que son odeur si unique à laquelle son être réagissait de manière viscérale. Elle ne voulait plus aucune barrière entre eux. Elle voulait Jack nu et en elle. Là, maintenant...

Arrosa s'arracha à sa transe, rattrapée par la réalité. Seigneur, à quoi jouait-elle ? Avait-elle oublié qui elle était ? Même loin de tout en Cornouailles, ce genre d'écart ne lui était pas permis.

— Je suis désolée, Jack. Je ne peux pas.

Elle lui effleura la joue dans un ultime moment de faiblesse.

— Je regrette tellement...

Sur ces mots, elle tourna les talons et s'enfuit dans sa tente.

6

Arrosa n'avait pas fermé l'œil de la nuit. Le film de son baiser avec Jack avait tourné en boucle dans sa tête. Elle n'avait cessé de remuer dans son lit, seule avec ses regrets et son désir inassouvi.

À quoi pensais-tu ?

À rien. Elle n'avait pensé à rien. Elle s'était simplement laissé emporter par le moment. Un ciel étoilé, un feu de camp et un homme à tomber. Quoi de plus magique comme combinaison ? Par chance, elle avait retrouvé ses esprits à temps. En fin de compte, ce n'était qu'un baiser…

Mais le genre de baiser dont on chérissait le souvenir jusqu'à son dernier souffle. Rien que d'y penser, tout son être s'enflammait. Jack embrassait comme un dieu. Ce n'était pas seulement qu'il était doué avec sa langue. C'était la *façon* dont il l'avait embrassée. Comme si c'était écrit. Comme s'il était né pour cela. Et elle ? Elle avait ressenti exactement la même chose !

La vérité était que c'était bien plus qu'un simple baiser. C'était une promesse exaucée. Le cap qu'ils tenaient depuis leur toute première rencontre. Et au lieu de virer de bord, elle s'était raccrochée à ce moment comme à une bouée de sauvetage.

Et si c'était son unique chance de trouver le bonheur ? Trois semaines plus tôt, elle avait pratiquement demandé en mariage un homme qu'elle n'aurait jamais songé à embrasser. Elle s'était résignée à une vie solitaire et sans amour. À présent... Elle ne savait plus ce qu'elle voulait. À part retrouver les bras de Jack. Mais elle ne devait pas. Ce serait jouer avec le feu. Et puis, il ignorait qui elle était vraiment.

À son grand soulagement, il se comporta comme si de rien n'était au petit déjeuner. Était-ce elle ou les cernes sous ses yeux semblaient plus prononcés ? Cela ne voulait rien dire, bien sûr. Peut-être se faisait-elle des idées. Peut-être leur baiser n'avait-il été qu'un coup de tête pour lui, influencé par l'ambiance romantique. Mais quand Sally se proposa pour emmener les filles à la ferme, le regard qu'il lui lança indiquait qu'une mise au point s'imposait.

— Que diriez-vous d'une balade ? suggéra-t-il.

L'offre ne souffrait aucun refus.

— Laissez-moi juste chercher mon sac.

Elle prit quelques minutes dans sa tente pour calmer sa nervosité. Puis elle enfila un cardigan et attrapa son sac. Ensemble, ils descendirent en silence le sentier escarpé menant à une crique au pied de la falaise. Là, Jack se décida à prendre la parole.

— Je vous dois des excuses, dit-il d'une voix tendue. Je me suis imaginé des choses, hier soir. Ça ne se reproduira plus.

Il lui offrait la parfaite dérobade. Tout ce qu'Arrosa avait à faire était de confirmer sa version. Nier qu'elle lui ait caressé la joue ou l'ait attiré à elle si fort qu'elle sentait encore l'empreinte de son corps contre le sien. Mais elle n'était pas une menteuse.

— Vous n'avez pas à vous excuser, Jack. Vous ne vous êtes pas trompé. J'avais envie que vous m'embrassiez.

— Oh...

La confusion se peignit sur ses traits.

— Était-ce trop tôt ? Allons-nous trop vite ?

Son front se plissa.

— À moins que n'ayez quelqu'un ?

— Jack...

Que lui répondre sans être malhonnête ? Elle serra les poings et prit une grande inspiration. Jack était un homme bien. Il méritait de connaître la vérité.

— Non, je n'ai personne. Mais je ne suis pas libre pour autant, commença-t-elle. Ma vie ne m'appartient pas, Jack. C'est la raison pour laquelle je suis ici. Je profite de mes dernières semaines de liberté avant de me mettre au service des Asturies. J'ai accepté depuis longtemps que mon bonheur soit relégué au second plan. Vous embrasser était égoïste de ma part. Mais pour une fois, j'avais envie de vivre quelque chose qui ne soit qu'à moi.

Jack paraissait perplexe.

— Êtes-vous en train de me dire que vous entrez dans les ordres ?

Arrosa ne put réprimer un rire.

— Non. Quoique mes ancêtres n'aient jamais hésité à envoyer au couvent leurs filles rebelles ou leurs épouses indésirables. Jack, mon vrai nom est Arrosa Artega.

Elle scruta son visage. Aucune réaction. À l'évidence, son nom ne lui disait rien.

— C'est joli, se contenta-t-il de répondre, avec l'air de se demander à quoi rimait cette conversation.

— Merci. Mais ce n'est pas la question. Écoutez...

Elle planta les yeux dans les siens. C'était le moment de se jeter à l'eau.

— Ce que je m'apprête à vous dire doit rester strictement confidentiel. Il ne s'agit pas que de moi. Clem aussi est concernée. Je tiens à ce que vous sachiez que je n'ai jamais voulu vous duper. Encore moins encourager ce qui s'est passé hier soir. Mais puisque c'est arrivé, je vous dois la vérité. Je ne suis pas une diplomate. Je suis une princesse. Dans quelques semaines, les lois de mon pays seront modifiées afin de faire de moi la future reine des Asturies.

Voilà, c'était dit. Il lui semblait qu'un poids immense venait de s'envoler de ses épaules.

Elle coula un regard vers Jack. Son expression se ferma, mais pas avant qu'elle n'ait eu le temps de lire la déception dans ses yeux.

— Ai-je bien entendu ? Vous venez de dire que vous étiez une princesse ?

— Vous mentir n'a jamais été mon intention…

Il interrompit ses excuses d'un geste désinvolte.

— Ne vous inquiétez pas, Votre Altesse. Est-ce ainsi que je dois vous appeler ? Pardonnez-moi. Je connais mal le protocole royal.

Sa soudaine froideur lui vrilla le cœur.

— Appelez-moi Rosy. Comme je le disais, ce secret est celui de Clem autant que le mien. Je ne peux pas tout vous raconter. Mais je tenais vraiment à ce que vous compreniez.

— Je comprends très bien. Vous profitez de vos vacances pour vous encanailler avec les gens du peuple. J'espère que je vous ai aidée à vous relaxer.

Son ton était aussi exagérément courtois que ses mots étaient blessants. La veine pulsant sur sa tempe trahissait l'effort qu'il lui en coûtait de garder son calme. L'espace d'un instant, elle faillit faire demi-tour. Elle rassemblerait ses affaires et quitterait le camping. Dans quelques semaines, elle serait de retour aux Asturies et ne le reverrait plus jamais. Au fond, elle ne lui devait aucune explication.

Non, c'était faux. Elle s'était immiscée dans sa vie bien organisée. Elle avait proposé de garder ses filles. Ce week-end camping était *son* idée. Ils s'étaient rapprochés et Jack s'était ouvert à elle, chose rare pour cet homme secret, soupçonnait-elle. Il lui avait dévoilé sa part de vulnérabilité et elle avait trahi sa confiance. Quoi d'étonnant à ce qu'il la repousse ? Elle l'avait bien cherché.

Jack tremblait de colère contenue. Comment avait-il pu être aussi stupide ? Comment avait-il pu s'éprendre d'une autre femme qui ne voyait en lui qu'une distraction ?

Après leur mariage, Jack n'avait pas mis longtemps à comprendre que c'était sa réputation qui avait attiré Lily plus que la personne qu'il était. Sortir avec lui avait été un acte de rébellion contre ses parents. La fille du ponte local s'acoquinant avec le vaurien du village. Le mariage, puis le bébé, avaient cimenté cette rébellion. Elle tenait à lui à sa façon. Mais elle n'avait jamais été amoureuse. Il le savait à présent. Peut-être même l'avait-il toujours su.

Et voilà qu'il répétait la même erreur. Rosy et lui n'étaient pas du même monde. Elle ne s'intéressait pas vraiment à lui. Pour elle, il n'était qu'un frisson de vacances avant qu'elle ne retourne à sa vie dorée dans son palais. Quel imbécile.

— Jack, s'il vous plaît, laissez-moi vous expliquer…

Son premier réflexe fut de s'en aller. Mais il y avait une telle vulnérabilité dans sa posture rigide qu'il hocha la tête. Il pouvait toujours l'écouter, même s'il ne lui devait rien.

Elle prit une grande inspiration.

— Je venais en Cornouailles chaque été, autrefois. Cet endroit compte beaucoup pour moi. C'était une chance de souffler un peu, loin de mes obligations aux Asturies. Comme je l'ai expliqué, j'ai eu une enfance privilégiée, mais solitaire. J'ai visité des palais à travers le monde entier. Mais je n'avais jamais le droit d'être une enfant. Mon apparence et ma conduite devaient être exemplaires en toutes circonstances. Il n'y a qu'en Cornouailles que j'étais libre d'être juste moi. Rosy, pas Arrosa.

Elle battit des cils. Était-ce des larmes dans ses yeux ?

— Je savais qu'en tant que femme, je ne pouvais pas hériter

du trône. Une loi sexiste, mais qui m'arrangeait. Mes années de pensionnat et mes étés ici m'avaient laissée entrevoir de nouvelles possibilités. Concilier carrière et devoir royal n'est pas simple, comme beaucoup avant moi en ont fait l'expérience. J'ignorais ce que l'avenir me réservait. Mais j'avais hâte d'aller à l'université et trouver ma propre voie. Je croyais avoir le temps. Je me trompais.

Jack écoutait, captivé malgré lui.

— L'été de mes dix-huit ans a été le plus mémorable. Peut-être parce que c'est le dernier où j'ai été vraiment libre. Clem et moi sortions avec ces deux garçons. Nous avons passé les vacances ensemble tous les quatre à surfer, nous baigner et courir les festivals. Puis mon père m'a rappelée aux Asturies. Il m'a annoncé que la meilleure chose à faire pour le pays et notre famille était d'abolir la loi de primogéniture afin que la couronne me revienne.

— Vous êtes donc officiellement l'héritière du trône ? s'enquit Jack.

— Pas encore, mais bientôt. Aux Asturies, le monarque jouit d'un grand pouvoir. Les gens n'aiment pas le changement. Il a fallu huit ans pour que soit acceptée la ratification de la nouvelle loi de succession. Tous les partis d'opposition la soutiennent et le peuple l'a approuvée lors d'un référendum. Durant ces huit années de débat, j'ai dû me montrer irréprochable. Et je devrai l'être doublement lorsque je serai princesse héritière. Ça peut être pesant, parfois.

Elle soupira.

— Clem m'a convaincue de faire une pause. Je reste ici quelques semaines pendant qu'elle se fait passer pour moi aux Asturies. Les personnes au courant de l'échange se comptent sur les doigts d'une main. Si ça venait à se savoir, non seulement je perdrais l'estime des Asturiens, mais le scandale bouleverserait la vie de Clem. Je ne peux pas entrer dans le détail. Ce serait outrepasser mes droits. Mais j'espère que vous comprenez à quel point j'ai confiance en vous pour vous en révéler autant.

— Clem se fait passer pour vous ? C'est vrai que vous vous ressemblez. Mais pas au point qu'on vous confonde.

Jack sentait sa colère retomber. Elle devait vraiment être au bout du rouleau pour recourir à un tel subterfuge.

— C'est un des dangers, concéda Rosy. J'avais libéré mon emploi du temps pour l'été. Clem se fait conduire en ville déguisée en moi de temps en temps. Avec un peu de chance, ça suffira à distraire les tabloïds. Depuis mes dix-huit ans, les médias me suivent de près. Une absence soulèverait des questions. Si on apprend que j'ai pris le large à quelques semaines de la ratification, les spéculations iront bon train sur ma capacité à être reine. Exactement ce que j'essaie d'éviter depuis huit ans. Échanger nos places était risqué. Mais je n'ai pas pu résister à la tentation de passer six semaines ici et être moi-même une dernière fois. Clem avait ses propres raisons de vouloir aller aux Asturies.

Elle se tourna vers lui. Son besoin de s'excuser, d'être comprise, était sincère. Il le lisait dans ses yeux. Lily ne s'était jamais souciée qu'il la comprenne. Elle ne lui avait jamais présenté d'excuses non plus. Mais Lily n'était que la fille d'un homme riche. Rosy était une princesse. Jack avait bâti lui-même sa fortune. Mais Rosy avait besoin d'un partenaire bien né, issu d'un milieu qu'il ne pourrait jamais s'inventer.

— Voilà, Jack, vous savez tout. Vous me connaissez mieux que quiconque excepté Clem, mon père et mon garde du corps.

— Votre secret sera bien gardé, dit Jack. Je vous le promets.

— Merci. Vous comprenez, maintenant, pourquoi je suis partie hier soir, ajouta-t-elle. Je ne pouvais pas laisser les choses continuer sans vous avouer la vérité. Ça aurait été malhonnête de ma part. Mais…

Ses joues se colorèrent.

— J'espère que nous pourrons rester amis. J'ai vraiment aimé apprendre à vous connaître, ces dernières semaines.

Amis ? Était-ce encore possible après leur baiser incendiaire ? Après ce qu'elle lui avait confié ? Il avait commencé à tomber amoureux d'elle, seulement pour apprendre qu'elle lui avait menti et qu'ils n'avaient aucun avenir ensemble. Les gens comme lui pouvaient s'élever dans l'échelle sociale. Mais la royauté ? C'était l'échelon de trop. Du reste, le bonheur de ses filles passait avant tout. Une relation sans lendemain allait à l'encontre de cela.

Cependant, il percevait la profonde solitude de Rosy. Une solitude qui lui parlait. Quel genre de personne serait-il s'il se contentait de lui tourner le dos ?

— J'ai besoin d'y réfléchir.

Rosy accusa le coup.

— Comprenez-moi, Rosy. Ça fait beaucoup. Vous avez déjà commencé à changer ma vie et celle des filles. Je savais que vous n'étiez là que pour quelques semaines et qu'il y avait peu de chances que ça fonctionne. Malgré ça, j'avais l'espoir que si notre relation évoluait, nous trouverions une solution. Je sais maintenant que cet été est tout ce que nous aurons jamais. Vous devez me prendre pour un fou de parler d'avenir alors que nous nous connaissons à peine. Mais je sens une réelle connexion entre nous. Pas vous ?

— Si.

— J'ai besoin de temps pour absorber tout ça.

— Je comprends.

La voix de Rosy se fêla.

— Je suis désolée, Jack.

Il aurait voulu la serrer dans ses bras et lui promettre que tout allait s'arranger. Mais ce n'était pas une promesse qu'il était en position de tenir. Alors il se contenta de hocher la tête, puis tourna les talons et s'en alla.

Le week-end camping avait été un succès. Les filles avaient l'air plus heureuses et semblaient trouver leurs marques. Jack et Sally étaient en bons termes, à défaut d'être véritablement amis. Sally avait même prévu d'organiser une rencontre entre lui et le comité du théâtre. Cette réussite, il la devait entièrement à Rosy. C'était elle qui avait eu l'idée d'aller camper et d'inviter Sally. Penser à elle touchait une corde sensible. Ses révélations avaient tout changé. Le plus raisonnable était de reprendre le cours normal de sa vie sans l'impliquer davantage. Mais le savoir et l'accepter étaient deux choses différentes.

Même le travail ne parvenait pas à lui faire oublier Rosy. L'absence des filles n'aidaient pas. Les parents de Lily séjournaient dans leur propriété de Polhallow et avaient demandé à avoir leurs petites-filles pour quelques jours. Jack entretenait de bonnes relations avec ses beaux-parents. L'époque où ils le considéraient comme un vaurien ayant entraîné leur fille à sa perte était loin derrière eux.

Mais sans Tansy et Clover la villa faisait terriblement vide. Il avait beau avoir mille choses à régler, il n'avançait sur rien. Il savait qu'il devait avoir une nouvelle discussion avec Rosy. Le problème était qu'il n'avait toujours aucune idée de ce qu'il pourrait lui dire.

Il faisait déjà chaud en cette fin de matinée lorsqu'il sortit de la maison, direction le café du village. Après quelques emplettes, il prit le chemin du cottage de Rosy. Personne ne répondit lorsqu'il frappa à la porte. Mais les fenêtres étaient grandes ouvertes, preuve que sa locataire était là. Il contourna le cottage afin de passer par le jardin… et s'arrêta net. Rosy bronzait en bikini sur un transat, les yeux mi-clos, un livre délaissé à la main. Le sang afflua dans son aine.

— Les visiteurs sont-ils autorisés ?

Elle se redressa en sursaut, sur la défensive. Il se rappela ce qu'elle lui avait dit sur l'attention des médias et sur le fait qu'elle devait toujours être parfaite. Prendre le soleil dans son jardin en maillot de bain n'entrait sans doute pas dans cette définition. Mais pour lui, elle était la perfection faite femme. Sa bouche s'assécha devant son corps de déesse. Il préférait de loin la Rosy décontractée à n'importe quelle princesse.

— J'ai apporté le déjeuner, lança-t-il en montrant les sacs qu'il tenait à la main.

Son visage se fendit d'un large sourire.

— Dans ce cas, vous êtes le bienvenu.

— Ce n'est rien de sophistiqué...

— Encore mieux.

Elle se leva avec sa grâce habituelle. Jack la suivait des yeux, subjugué par les longues jambes fuselées. Le ventre plat. La rondeur voluptueuse des seins dans le haut de bikini jaune vif. Le désir l'envahit. Un désir qui ne l'avait jamais vraiment quitté, même depuis qu'il avait pris ses distances.

— J'essayais justement de me motiver à aller me faire à manger...

Elle désigna la table en fer forgé à côté de lui.

— Ça vous dit de déjeuner dans le jardin ?

— Avec plaisir.

Jack posa les sacs sur la table et en sortit deux gobelets de café. Rosy le rejoignit en enfilant une robe T-shirt par-dessus son bikini. Leurs regards se croisèrent, l'espace d'une seconde qui parut s'étirer à l'infini. Puis ils s'assirent l'un en face de l'autre et Jack déballa le repas : olives, salade de tomates et poivrons marinés et pâtisseries en dessert. Il poussa un gobelet de café vers Rosy, qui le huma d'un air approbateur.

— Latte sans sucre ?

— Je m'en suis souvenu.

— Merci.

Dieu ce qu'elle était adorable quand elle rougissait !

Ils mangèrent en échangeant des banalités sur l'excellence culinaire du café de Sally et les projets des filles pour la semaine. Le repas terminé, Rosy s'adossa à sa chaise avec un soupir repu.

— C'était délicieux. Merci.

Elle baissa les yeux sur ses cuisses.

— Je suis contente que vous soyez venu. Je n'étais pas sûre que vous le fassiez.

— Pour être honnête, moi non plus.

— Je comprends. Ma situation est compliquée…

Non, elle ne comprenait pas. Et il tenait à corriger cela.

— Le problème, Rosy, est que je suis déjà passé par là.

— Que voulez-vous dire ?

— Vous n'êtes pas la première fille de riches à se servir de moi comme distraction.

L'expression blessée de Rosy l'aurait presque fait culpabiliser.

— Je ne suis pas comme ça, Jack.

Elle se pencha sur la table et couvrit sa main de la sienne.

— Je vous respecte et vous considère comme mon égal, à tout point de vue. Je ne saurais mettre des mots sur ce qu'il y a entre nous. Mais jamais je ne vous utiliserais, je vous en donne ma parole. Rien de tout ça n'était prévu. Je n'aurais pas dû me rapprocher autant de vous et de vos filles…

Son regard était d'une candeur désarmante.

— Surtout en sachant combien vous me plaisiez.

— Vous me plaisez aussi, Rosy. Mais ce n'est pas si simple. Je ne peux pas ignorer qui vous êtes.

— Pour l'instant, je suis juste Rosy, une fille en vacances à Polhallow. Et je compte le rester pendant encore deux semaines.

Elle lâcha sa main et leva le menton, d'un mouvement altier trahissant la princesse qu'elle prétendait ne pas être. Mais il voyait aussi la femme qu'il connaissait et dont il s'était épris.

— C'est le problème. Je ne connais pas la princesse, mais je connais Rosy. Et c'est Rosy que je veux.

L'aveu lui avait échappé avant qu'il puisse le retenir. Les yeux de Rosy s'agrandirent.

— Alors que faisons-nous ?

— Je ne sais pas, admit Jack en soupirant. Peut-être aurais-je mieux fait de ne pas venir.

Rosy le fixa un moment en silence.

— Pourquoi pensez-vous n'être qu'une distraction pour moi ? demanda-t-elle. Vous devez bien avoir conscience de tout ce que vous avez à offrir. Vous avez du succès en affaires. Vous êtes riche, brillant et séduisant, en plus d'être un père formidable. N'importe quelle femme serait chanceuse de vous avoir, y compris une princesse.

— Je n'aurais pas dû dire ça, reconnut-il. Voir les parents de Lily a tendance à me faire ruminer le passé. C'est idiot, ils n'y sont pour rien.

— Votre mariage a eu une fin tragique, observa Rosy. Mais vous avez élevé deux merveilleuses petites filles ensemble. Vous pouvez être fier.

C'était une façon de voir les choses. « Ensemble » n'était pas le mot qui lui venait à l'esprit quand il pensait à leur couple.

— Lily était une femme compliquée, ce qui signifie que notre mariage l'était aussi.

— De quelle façon ?

Comment décrire Lily ?

— Elle était aussi belle que talentueuse. Exubérante et capricieuse aussi. Elle pouvait vous regarder comme si vous seul existiez au monde ou vous ignorer sans explication. On ne savait jamais à quoi s'attendre avec elle.

— Ce devait être épuisant au quotidien.

— En effet.

Aujourd'hui, avec le recul, il réalisait à quel point son mariage avait été une longue épreuve d'endurance.

— Comment vous êtes-vous rencontrés ?

— Au bar du port. Nos regards se sont croisés et ça été

le coup de foudre. Nous nous prenions pour les Roméo et Juliette des temps modernes. Pour elle, sortir avec le petit délinquant local était le pied de nez ultime à ses parents. Ils voulaient qu'elle intègre leur cabinet d'avocats après Oxford. Elle rêvait de faire des études d'art. L'ironie est qu'elle était beaucoup plus anticonformiste que moi. Je crois qu'à bien des égards, je l'ai déçue.

Il secoua la tête au souvenir du garçon naïf qu'il avait été, persuadé que l'amour suffisait.

— Qu'elle tombe enceinte n'était pas prévu, continua-t-il. Nous marier, encore moins. Elle n'était avec moi que pour s'amuser un peu.

Rosy fit la grimace, signe qu'elle comprenait le parallèle qu'il établissait entre leur situation et son propre passé.

— À écouter les gens d'ici, on croirait que je l'ai forcée à me suivre dans un taudis d'une banlieue mal famée de Londres. C'est faux. Je gagnais déjà si bien ma vie que nous avons emménagé dans un excellent quartier. Après la naissance de Tansy, elle a intégré une école d'art comme elle le souhaitait. Elle était très douée. Mais une fois son diplôme en poche, elle avait plus envie de s'amuser et faire la fête que trouver du travail. Mon salaire suffisait pour deux, alors je l'ai laissée agir à sa guise. Elle avait beau adorer nos filles, elle ignorait comment être mère. Elle les ballotait de soirées en soirées, puis les renvoyait à la maison avec la baby-sitter. Exactement comme ses parents l'avaient fait avec elle enfant.

Il termina d'une traite son café. Il était froid, mais la caféine lui donna un coup de fouet bienvenu.

— Pauvre Lily. En définitive, sa famille n'était plus scandalisée, mais fière de moi. Au lieu d'un électron libre comme elle, elle avait épousé un homme sérieux, plus riche que ses parents, qui lui offrait la vie dont ils avaient toujours rêvé pour elle.

— Étiez-vous heureux malgré tout ?

— Parfois, répondit-il après un temps de réflexion. Nous nous efforcions de l'être.

Après tout, il connaissait Lily aussi bien que lui-même. Derrière son comportement autodestructeur se cachait un profond manque de confiance en elle.

— Être mère ne l'intéressait pas. Alors je compensais. J'assistais à toutes les pièces de théâtre et tous les spectacles de danse des filles. J'inventais des traditions de vacances. Je voulais qu'elles aient une enfance idyllique. Entre mon travail et mon rôle de père, j'ai parfois oublié d'être un mari. Je ne voulais pas que Lily ait le sentiment d'avoir commis une erreur en m'épousant. Qu'elle se sente piégée comme ma mère. C'est pourquoi je fermais les yeux sur ses dérives. Sur l'alcool et la drogue que je la soupçonnais de prendre en soirées. Sur les amants qu'elle voyait en cachette. Si j'étais intervenu, peut-être ne serait-elle pas morte d'une overdose dans une chambre d'hôtel à vingt-huit ans.

Jack était stupéfait. Était-ce bien de sa bouche que sortaient ces mots qu'il n'avait jamais osé prononcer à voix haute avant ? Des mots articulant une vérité qui l'emplissait de honte. Tout était sa faute. Mais il n'y avait ni reproche, ni condamnation dans les yeux de Rosy.

— Je suis désolée, Jack.

Il haussa les épaules. Il se sentait très las, tout à coup.

— Ça fait deux ans, maintenant. Clover a peu de souvenirs de sa mère. Tous les livres recommandent de laisser passer au moins un an pendant la période de deuil initiale avant d'envisager des changements. Les enfants trouvent du réconfort dans leur routine habituelle. Mais nous vivions dans un quartier privilégié, où je voyais les plus jeunes tomber très tôt dans tout ça... L'alcool, la drogue, les caprices de riches, les comportements à risque. Je ne prétends pas que la Cornouailles est le paradis sur Terre. Toutes les écoles ont leurs dysfonctionnements. Mais je voulais leur montrer un autre mode de vie possible avant qu'il soit trop tard.

La main de Rosy se posa sur la sienne, et ce simple geste l'apaisa.

— Vous êtes un père exceptionnel, Jack. Lily serait heureuse de voir que vous prenez si bien soin de vos filles.

— Vous croyez ?

— J'en suis certaine.

Et pour la première fois, Jack y crut aussi, libéré de la culpabilité qui le rongeait depuis la mort de Lily. Il faisait de son mieux. C'était le plus important.

7

Arrosa prit un moment pour absorber ce qu'elle venait d'apprendre. Sans doute connaissait-elle Jack mieux que quiconque, désormais. Il lui avait confié ses regrets, ses espoirs et ses rêves. C'était un cadeau rare et précieux. Lui en aurait-il dit autant si elle vivait ici ? Était-ce parce que leur relation était condamnée à être éphémère qu'elle était si intense ? Ils n'avaient plus beaucoup de temps et le savaient tous les deux.

Jack aussi connaissait tous ses secrets, excepté l'identité de Clem. Elle n'avait jamais été aussi intime avec quelqu'un, ni ne le serait avec personne d'autre. Elle en était convaincue. Difficile de renoncer à cela. Mais quel choix avait-elle ?

— Combien de temps les filles restent-elles chez leurs grands-parents ? demanda-t-elle à brûle-pourpoint.

Un éclair de surprise traversa les yeux de Jack.

— Jusqu'à dimanche après-midi. C'est ce qui est prévu.

— Et nous sommes jeudi midi. Ce qui nous laisse trois jours à partir de maintenant.

Jack haussa un sourcil intrigué.

— Trois jours pour quoi ?

— Laisser vos responsabilités derrière vous, déclara-t-elle. C'est bien beau de tout porter sur vos épaules. Mais si vous ne posez jamais votre fardeau, il va finir par vous écraser.

— Mes filles ne sont pas un fardeau.

Arrosa se maudit de son indélicatesse. Heureusement, Jack ne semblait pas en colère.

— Non, bien sûr que non. Mais je ne connais pas un seul parent célibataire qui ne soit pas soulagé de prendre une pause de temps en temps. Tout le monde a besoin de recharger ses batteries, Jack. Comment allez-vous faire si vous passez tout le week-end à travailler ?

— Vous avez peur que je tombe en panne ? plaisanta-t-il.

— Croyez-moi, je sais ce que c'est de trop tirer sur la corde, persista-t-elle. J'étais en burn out et ne m'en suis rendu compte qu'une fois ici. Imaginez mon choc ! J'avais failli réagir trop tard ! Plus jamais je ne me laisserai en arriver là.

Elle prit son gobelet et avala le reste de son café.

— J'ai toujours trouvé ma mère égoïste de partir seule en retraite de méditation chaque été. Je pensais que c'était un air qu'elle se donnait. Mais je la comprends, aujourd'hui. Onze mois par an, elle est une reine irréprochable. Elle met de côté ses propres désirs pour soutenir mon père en entretenant leur cercle social et en jouant les parfaites hôtesses à chaque soirée mondaine. Pas étonnant qu'elle ait besoin de quatre semaines rien que pour elle.

Arrosa s'en voulait d'avoir été si dure envers sa mère. Elle était bien placée pour savoir que l'union de ses parents n'avait rien d'un conte de fées. C'était un mariage arrangé, mis à mal dès le début lorsque Zorien avait avoué à Iara sa liaison avec Simone Beaumont. Comment reprocher à sa mère de s'offrir un mois de vacances en solitaire chaque année ? Peut-être devrait-elle prendre des nouvelles ? Toutes deux n'étaient pas du genre à s'appeler simplement pour savoir si ça allait. Mais cela pouvait changer. Elle avait déjà perdu Simone. Sa mère, elle, était en vie. C'était une chance qu'elle n'appréciait pas assez.

— Vous pensez que j'ai besoin d'une pause ? résuma Jack.

— Osez me dire que vous n'êtes pas tenté.

— Donc vous et moi partons en week-end.

Ce n'était pas une question.

— Je n'ai pas...

— Où voulez-vous aller ? la coupa-t-il sans l'écouter.

— C'était une suggestion, Jack. Pas une proposition.

Mais elle aussi était tentée. Elle n'était jamais partie en week-end nulle part. Quelques jours plus tôt, elle s'était résignée à ne plus revoir Jack. Et voilà qu'il lui offrait une chance de passer du temps en tête à tête avec lui. Les battements de son cœur s'accélérèrent. Elle avait peu d'expérience avec les hommes, mais elle n'était pas stupide. Elle savait ce qui arriverait si elle acceptait.

— Une excellente suggestion, approuva Jack. Une pause me fera le plus grand bien. Mais je passe déjà beaucoup de temps seul. Votre compagnie serait appréciée.

Son regard accrocha le sien.

— Alors où partons-nous ?

Un frisson parcourut Arrosa. Trois jours seule avec Jack – et trois nuits. Sans les filles, pas de risque de malentendus. Jack et elle étaient adultes. Ils ne se cachaient pas leur attirance réciproque, tout en ayant conscience des obstacles. Ils n'avaient aucun avenir ensemble et l'acceptaient. Peut-être fallait-il que ce week-end ait lieu. Rentrer aux Asturies sans assouvir son désir, n'était-ce pas se condamner à se demander toute sa vie ce qui aurait pu se passer ? Et qui sait ? Peut-être cette escapade suffirait-elle à éteindre la flamme entre eux.

— N'importe où, souffla-t-elle.

Jack se relaxa visiblement.

— Mais pas à l'étranger. Si j'utilisais mon passeport, la presse serait aussitôt alertée.

— Comment êtes-vous venue ici ?

— Jet et aérodrome privés. C'est une possibilité, mais ça prendrait trop de temps à organiser.

D'autant qu'elle n'avait aucune envie d'impliquer la Cour ou son garde du corps.

— Royaume-Uni, donc. Pour quelques jours, inutile d'aller trop loin. Ce qui nous laisse encore un large éventail de destinations.

Arrosa n'avait jamais été aussi fébrile. Était-elle vraiment en train de planifier un week-end avec l'homme pour qui elle se consumait depuis des semaines ?

— Mettons-nous d'accord, dit-elle. Vous avez peut-être des goûts de luxe, mais moi, un rien me satisfait. Plage, bière et fish and chips. C'est tout ce que je demande.

Cette mise au point lui valut un sourire amusé.

— Vous êtes sûre que vous n'avez pas besoin de votre concierge personnel ?

Elle fit non de la tête.

— Pas de limousine avec chauffeur ? De restaurants cinq étoiles ? De spa privatisé ?

— Rien de tout ça. Juste un lit propre et un coin de ciel étoilé.

La soudaine tendresse dans les yeux de Jack la troubla.

— Je m'occupe de tout.

Jack disparut afin de passer quelques appels pendant qu'Arrosa débarrassait la table. Elle envoya un texto à Sally lui demandant si elle pouvait venir nourrir Gus quelques jours, puis fila à l'étage préparer sa valise. Elle flottait sur un nuage. Dieu merci, elle avait la penderie de Clem à sa disposition. Ses shorts et robes d'adolescente ne la mèneraient pas très loin.

Clem aimait les couleurs vives et les coupes rétro. Arrosa, elle, privilégiait une élégance classique et des teintes plus discrètes. Il faut dire qu'elle n'avait jamais eu l'occasion d'expérimenter en matière de styles vestimentaires. Pour faire d'elle une parfaite princesse, un professionnel avait été engagé afin de l'aider à concilier mode et sobriété. Toutes ses tenues étaient faites sur mesure et suivaient les dernières tendances. Mais elles étaient aussi tristement interchangeables.

C'était toujours les mêmes robes et vestes cintrées, les mêmes pantalons et chemisiers ajustés. Quel plaisir de fouiller dans la garde-robe de Clem, mélange éclectique de pulls en tous genres, petits hauts en soie et jupes multicolores ! Sa valise se remplit à vitesse grand V. Elle avait de quoi s'habiller pour deux semaines ! Une précaution nécessaire puisqu'elle ignorait où ils allaient.

Jack passa la chercher une heure plus tard. Impossible de lui tirer les vers du nez. Il resta muet comme une carpe sur leur destination. Arrosa nota qu'ils s'enfonçaient de plus en plus dans les terres au lieu de s'en éloigner. Ils finirent par atteindre la ville de Penzance, qu'ils traversèrent pour se garer sur le port.

— Nous devons laisser la voiture ici, l'informa Jack alors qu'ils déchargeaient leurs valises du coffre. Les véhicules de touristes sont interdits là où nous allons.

Arrosa tourna la tête vers le quai. Son excitation redoubla devant un certain panneau.

— Les îles Scilly ? Oh ! Jack, c'est une idée géniale ! Clem et Simone y sont allées une fois. Leurs photos faisaient rêver.

Elle aussi avait toujours voulu visiter le petit archipel au sud-ouest de la Cornouailles, célèbre pour sa faune et sa flore ainsi que son microclimat. Quelque chose dans ces îles l'attirait irrésistiblement.

— Pas facile de réserver un week-end à la dernière minute en juillet. J'ai dû faire jouer mes relations, expliqua Jack. Vous êtes sûre que ça vous convient ?

— Si ça me convient ? Je suis enchantée !

Ils prirent leurs valises et se dirigèrent vers la porte d'embarquement du ferry. Le trajet durait environ trois heures. La mer était plutôt agitée, mais Arrosa savourait chaque seconde, appuyée contre le bastingage, cheveux aux vent. Elle, Arrosa Artega, partait en escapade romantique avec l'homme de ses rêves. Tout était parfait. Elle aurait voulu que ce moment ne s'arrête jamais.

L'enthousiasme de Rosy était contagieux. Elle avait adoré la traversée en ferry jusqu'au port de St Mary, et plus encore le trajet vers l'île de Tresco, folle de joie à la vue des phoques et des dauphins nageant dans le sillage du bateau. Même la marche d'un kilomètre jusqu'au cottage qu'il avait loué n'effaça pas son sourire béat. Malgré la côte escarpée et le poids de sa valise, elle déclina son aide.

— Je vous ai dit de ne pas me traiter en princesse…

— Simple galanterie.

— Eh bien, je m'en passerai. C'est ma faute si j'ai pris trop d'affaires.

Enfin, ils atteignirent le cottage aux murs blanchis à la chaux perché sur son promontoire rocheux. Une clé les attendait dans une boîte prévue à cet effet. Jack ouvrit la porte et laissa entrer Rosy, avant de la suivre à l'intérieur. Le rez-de-chaussée était une vaste pièce combinant cuisine, salon et salle à manger, avec d'immenses baies vitrées offrant une vue spectaculaire sur la mer devant eux et les falaises de chaque côté. L'espace était confortable et aménagé avec goût. Rosy se tourna vers lui, le regard brillant.

— C'est magnifique ! J'ai hâte de voir la suite.

Difficile de croire qu'Arrosa était une princesse habituée au summum de l'opulence. Tout l'émerveillait tandis qu'elle explorait chaque recoin, ouvrant les placards, examinant les livres dans la bibliothèque, admirant le panorama depuis chaque angle possible.

— Ce n'est pas trop petit ?

Elle secoua la tête.

— J'ai quitté le palais à vingt et un ans pour prendre mon indépendance. Résultat, j'habite une villa avec quatre chambres où personne ne dort jamais, sans parler des autres pièces que je n'utilise pas. Je n'ai pas besoin d'une grande maison. Tant qu'on s'y sent bien, ça me va.

C'était ce qui lui plaisait chez elle. Ce n'était pas le luxe qui l'intéressait, mais l'atmosphère et l'histoire des lieux.

Le cottage ne comprenait qu'une seule et immense chambre occupant tout l'étage. La salle de bains attenante était une véritable ode à la sérénité avec sa baignoire surélevée face à la baie vitrée, invitant à se délasser dans un bain parfumé en contemplant la mer.

— N'ayez crainte. Je dormirai sur le sofa, précisa-t-il, soucieux d'éviter tout embarras.

— Le sofa ? répéta Rosy, les sourcils froncés.

— Il se déplie en lit.

Leurs regards se croisèrent. Une lueur d'incertitude dansait dans les yeux de la jeune femme, comme si elle appréhendait sa réaction.

— Le lit est assez grand pour deux, remarqua-t-elle. Nous pouvons partager.

Jack déglutit. L'offre n'était pas inattendue. Il ne s'agissait pas d'un week-end platonique. Tous les deux le savaient depuis l'instant où il avait proposé cette escapade. Le cottage isolé au milieu de nulle part, clairement aménagé pour les couples, ne faisait que confirmer cet accord tacite. Mais c'était la première fois que l'un d'eux l'évoquait à voix haute.

— Entendu.

Un sourire espiègle fit réapparaître ses jolies fossettes.

— Bien sûr, si vous préférez dormir sur le sofa…

— Le lit m'ira très bien.

Le sourire de Rosy s'élargit.

— Parfait. Alors c'est réglé.

Jack ne se lassait pas de la regarder virevolter à travers le cottage et s'extasier devant le moindre détail. Surtout, ne pas réfléchir. Il était là pour profiter, rien d'autre. Ce week-end s'était décidé sur un coup de tête. C'était une parenthèse frivole, entièrement dédiée au plaisir. Tout ce qu'il ne s'autorisait jamais. Il menait une existence sage et millimétrée, et ce depuis le jour où un policier avait averti son alter ego de quatorze ans qu'il encourait un long séjour en maison de correction. Les deux heures suivantes, il les avait passées à attendre sa mère seul dans sa cellule. À anticiper la déception qu'il lirait sur son visage fatigué… Ces deux heures avaient changé sa vie. Il avait eu honte de l'idiot impulsif qu'il avait été, dupé par une bande de gosses de riches qui n'avaient eu aucun scrupule à faire de lui leur bouc émissaire. Soudain, il avait entrevu l'avenir qui l'attendait : une longue série de cellules semblables à celle-ci. Des allers-retours en prison comme son père avant lui. Un potentiel gâché et des vies brisées. Il s'était alors juré de prendre son destin en main. Tout ce qu'il avait fait par la suite, il l'avait fait pour donner tort à ce policier.

Son seul écart avait été avec Lily. Cet été-là, son futur semblait assuré. Le travail marchait bien et il avait assez d'économies pour démarrer une nouvelle vie. Même la grossesse imprévue de Lily ne l'avait pas détourné de la voie qu'il s'était fixée. Il avait simplement adapté ses plans, sa motivation renforcée par la perspective de devenir père.

Aujourd'hui, c'était encore une femme qui lui faisait faire un écart. Mais une femme très différente, posée et réfléchie, qui acceptait ses responsabilités. Rosy ne fuyait pas son destin. Elle y faisait face avec courage et dignité.

— À quoi pensez-vous ?

Elle s'approcha de lui, en laissant plusieurs centimètres entre eux. Pour deux personnes en week-end romantique, ils n'étaient pas très tactiles. Mais l'air vibrait de tension sensuelle.

— Je me disais que j'avais beaucoup de chance, répondit-il.

L'expression de la jeune femme s'adoucit.

— Ne l'oubliez jamais.

— Il est un peu tard pour visiter l'île, dit Jack. Que diriez-vous de sortir dîner ? Je connais quelques très bons restaurants. Ils sont sûrement complets, mais je réussirai bien à nous obtenir une table.

— Oh ! c'est inutile.

Elle posa une main timide sur son bras.

— Je ne plaisantais pas tout à l'heure. Rien ne me ferait plus plaisir qu'un fish and chips et une bière fraîche. Nous pourrions nous asseoir sur la plage et regarder les bateaux passer. Qu'en dites-vous ?

— Excellente idée.

C'était même parfait. Avec Rosy, ce n'était qu'une idylle d'été, rien de plus. Mais chaque heure qu'ils passaient ensemble le faisait tomber un peu plus amoureux.

— C'était le meilleur fish and chips que j'ai mangé de toute ma vie.

Rosy s'appuya contre lui avec un soupir d'aise. Jack ne pouvait qu'approuver. Les frites étaient croustillantes à l'extérieur, fondantes à l'intérieur, avec juste ce qu'il fallait de sel et de vinaigre. Le poisson était tendre, un plaisir pour les papilles. Même la bière locale était délicieuse, parfaitement dosée en houblon. La plage de sable doux et le magnifique coucher de soleil sur la mer offraient le cadre idéal à ce pique-nique. Jamais il n'avait autant apprécié un simple dîner. Et la suite s'annonçait encore plus agréable… Une onde d'anticipation fusa dans ses veines. L'homme des cavernes en lui aurait ramené Rosy au cottage sur-le-champ. Mais l'attente avait quelque chose d'excitant qui lui donnait envie de prolonger le moment.

— Ça te dirait de faire un tour au pub ?

Au cours de la soirée, le tutoiement s'était installé naturellement entre eux. Rosy accepta avec joie. Malgré l'affluence, ils trouvèrent une table libre près de la fenêtre et passèrent commande. Ils avaient l'air d'un couple normal parlant de tout et de rien. Leurs livres préférés. Les films qui les avaient marqués. Leurs ambitions futures.

— Te demandes-tu parfois qui tu serais si tu n'étais pas toi ? questionna Jack.

— Si je n'étais pas moi ?

— Tu sais, si tu avais une autre carrière.

— Oh.

Son visage se rembrunit légèrement.

— J'essaie de ne pas y penser, dit-elle après une pause. Ma vie est ce qu'elle est, je ne peux pas la changer. Pourquoi perdre mon temps à construire des châteaux en Espagne ? Au moins, je n'ai aucune grande passion contrariée. Si Clem avait été à ma place et qu'on lui avait interdit d'être actrice, ça l'aurait anéantie. Je n'ai pas sauté de joie devant mon avenir tout tracé. Mais je l'ai accepté. Tant que je peux maintenir un semblant de normalité dans ma vie, en habitant hors du palais par exemple, ça me va.

— C'est une attitude très saine.

Elle haussa les épaules.

— J'aurais pu m'opposer aux projets de mon père, j'imagine. Mais comment prôner le changement si je refuse de l'incarner moi-même ? Fuir qui je suis ne m'avancerait à rien. Et toi ? As-tu dû renoncer à certains rêves ?

— Eh bien, je me suis marié et suis devenu père jeune. Comme toi, j'ai accepté mes responsabilités au lieu de perdre mon temps en chimères. Mes filles sont ma raison d'être. Je ne peux pas imaginer ma vie sans elles. Ça nous fait un point commun, conclut-il en souriant. Même si les choses ne sont pas telles que nous les aurions voulues, nous tirons le meilleur parti de ce qui nous arrive. Une qualité rare, d'après mon expérience.

Rosy leva son verre.

— Aux aléas de la vie.

Jack trinqua avec elle. Mais se montreraient-ils aussi philosophes lorsqu'elle devrait rentrer pour de bon ?

Elle termina sa bière et posa sa chope.

— Bien, je crois que ça suffit pour ce soir. Rentrons.

— Tu es sûre ?

Ils savaient tous les deux qu'il ne parlait pas de reprendre un verre.

— Oui. Plus que jamais, affirma-t-elle.

Jack se leva, les yeux dans les siens.

— Alors allons-y.

8

Ils marchaient en silence sous le ciel étoilé. Arrosa frémissait d'anticipation, sensible au moindre geste de Jack, au moindre souffle, au moindre regard en coin. Un désir brûlant palpitait entre ses reins, envoyant des flèches de feu à travers tout son être. Ses tétons durcis se dressaient douloureusement sous son corsage. Cela frôlait le supplice. Plus ils approchaient du cottage, plus l'appréhension la gagnait malgré sa fièvre.

Jack ouvrit la porte et elle entra la première. Nerveuse, elle enleva son châle, puis resta plantée là sans savoir quoi faire. Elle tressaillit comme la porte se refermait derrière elle. Jack la rejoignit d'une démarche féline, à l'aise et sûr de lui. Il lui souleva doucement le menton.

— Nous ne sommes pas obligés si tu n'en as pas envie, murmura-t-il.

Elle l'aima encore plus pour ces mots.

— J'en ai envie, Jack.

Elle s'accrocha à son cou avant de flancher et l'attira contre elle. L'instant d'après, les lèvres de Jack s'écrasaient sur les siennes.

Comme la première fois, ce fut un feu d'artifice. Il n'y avait ni douceur ni hésitation dans ce baiser. Pas de crescendo sensuel pour s'apprivoiser l'un l'autre. La bouche de Jack était avide et possessive. Ses mains sur sa taille savaient ce qu'elles faisaient. Rosy s'arqua d'instinct contre lui. Elle tira sur les pans de sa chemise, impatiente de sentir sa peau contre la sienne. De promener les mains sur son torse musclé. Elle avait besoin de le faire sien en explorant chaque sillon et relief de son corps. La bouche de Jack s'égara dans son cou tandis que sa chemise atterrissait à leurs pieds. Enfin, elle pouvait le caresser tout à loisir. Ses doigts s'aventurèrent plus bas et prirent d'assaut la boucle de sa ceinture. Jack laissa échapper un grognement rauque.

— Rosy... Nous avons tout le temps.

Tout le temps ? Non, ils n'avaient qu'ici et maintenant. Et peut-être deux semaines de plus au mieux. Pourquoi avoir attendu si longtemps ? Ils auraient pu en être là depuis des semaines ! Ce moment ne serait pas leur premier, serait le dernier en date d'une longue série de torrides rencontres. Elle agrippa son visage entre ses mains et l'embrassa avec fougue. Elle voulait plus, *maintenant*. Elle voulait qu'il la touche là où personne d'autre ne l'avait jamais touchée.

Jack lui rendit son baiser sans plus protester. Enfin, *enfin*, ses doigts remontèrent le long de son échine, centimètre par centimètre, avant de glisser dans le creux de sa taille pour continuer leur chemin vers ses seins gonflés de désir. Arrosa gémit, chavirée, lorsque son pouce effleura un mamelon sensible.

— Si nous montions ? suggéra-t-elle.

Le rire de Jack se répercuta dans chaque cellule de son corps.

— En vrai gentleman, je devrais te porter jusqu'au lit. Mais cet escalier en colimaçon ne me dit rien qui vaille. Après toi.

Arrosa avait les jambes en coton en montant les marches. Dans la chambre, elle se tourna vers Jack, intimidée tout à coup par le lit gigantesque dominant la pièce. Malgré son impatience de passer à la vitesse supérieure, ses doigts tremblaient sur la fermeture de sa robe.

— Un problème ? s'enquit Jack.

— Je suis un peu nerveuse...

Son sourire ne suffit pas à le rassurer.

— Rosy, j'étais sérieux. Nous ne ferons rien qui te mette mal à l'aise. Il n'y a aucune pression.

— Je sais.

Elle se mordit la lèvre. Maintenant qu'ils étaient là, elle peinait à trouver les mots.

— C'est juste que je n'ai jamais fait ça avant.

Elle rougit en voyant se succéder stupeur et sollicitude dans ses yeux.

— Je comprends.

— C'est ça d'être une Artega, dit-elle avec un petit rire embarrassé. C'est difficile de rencontrer des hommes. Ceux qui m'invitent à sortir ne voient que la princesse, pas qui je suis vraiment. Et puis, si ça ne fonctionne pas, certains peuvent être tentés de vendre l'histoire aux tabloïds. Je vois déjà les gros titres... *« Ma nuit de passion avec la Princesse ».* Le risque est tel que personne ne m'a jamais donné envie de sauter le pas. Personne avant toi.

Jack combla la distance entre eux.

— Je me fiche de la princesse. C'est toi que je veux, Rosy. Si ça peut te consoler, je suis aussi nerveux que toi.

— Toi, nerveux ?

Arrosa avait du mal à y croire.

— Bien sûr. Tu es une femme exceptionnelle. N'importe quel homme redouterait de ne pas être à la hauteur. Et puisque c'est ta première fois, je tiens à la rendre spéciale. D'une certaine façon, c'est un peu une première fois pour moi aussi. Lily est la seule femme avec qui j'aie jamais été.

— Vraiment ?

— Oui.

— Mais...

— C'est ça d'être un Treloar, dit-il dans un sourire. Quand j'étais plus jeune, les filles attirées par ma réputation n'étaient pas celles qui m'intéressaient. Puis j'ai été marié à Lily pendant dix ans. Notre mariage n'était pas parfait, mais j'ai toujours respecté mes vœux. Depuis sa mort, mes filles passent avant tout, y compris ma vie amoureuse. Tu es la première femme avec qui je sors depuis deux ans.

— Je suis flattée.

Ces confidences avaient brisé la glace. Ses inhibitions s'étaient totalement évanouies. Elle rit lorsqu'il la fit basculer sur le lit, émoustillée par le poids de son corps sur elle. Leurs bouches se scellèrent à nouveau tandis qu'ils se débarrassaient du reste de leurs vêtements, jusqu'à ce que plus aucune couche de tissu ne les sépare.

— Tu aimes ça ?

Jack parsema sa gorge de baisers, tout en capturant un sein dans sa paume.

— Oui, souffla-t-elle.

— Et ça ?

Elle se cambra comme il suçait son téton avec gourmandise, submergée par un torrent de sensations.

— Et si je te touche là ?

Il continuait à la caresser partout, avec une telle maestria qu'elle ondulait de plaisir entre ses mains. C'est à peine si elle parvenait encore à articuler un mot. Pour finir, elle le supplia de la prendre là, tout de suite. Jack la pénétra en douceur et elle se mit à bouger les hanches pour ne faire plus qu'une avec lui.

— Tu es sûre que c'est ta première fois ? plaisanta-t-il quelques heures plus tard alors qu'ils reprenaient des forces, allongés dans les bras l'un de l'autre. Je dois être un excellent professeur.

Arrosa rit et se redressa sur un coude.

— Je n'ai pas dit que j'étais complètement novice. J'ai expérimenté des choses.

— Des choses ? Quelles choses ?

— Veux-tu que je te montre ?

Il lui décocha un sourire carnassier.

— Je n'attends que ça.

Elle le contempla un instant, si viril et sexy. C'était *elle*, Rosy, qu'il désirait, pas la princesse. Elle pencha la tête et le sentit retenir son souffle lorsqu'elle lécha son torse de bas en haut.

— Tes désirs sont des ordres.

Ce qui se passe aux îles Scilly reste aux îles Scilly.

Tel était leur accord. Ils ne tinrent pas une journée. Tout était plus compliqué à Polhallow. Mais Jack trouvait chaque jour le moyen de s'éclipser pour rejoindre Rosy au cottage et lui faire l'amour. Malgré leurs bonnes résolutions, un week-end n'avait pas suffi. Comment en rester là alors que les jours filaient à toute vitesse, les rapprochant inexorablement du départ fatidique ?

Ils faisaient très attention à ce que personne ne soupçonne rien. Aucun échange de regards, aucun contact physique ne devait trahir plus qu'une solide amitié entre eux. Un défi pour Jack. En ce moment même, il dévorait Rosy des yeux, l'été personnifié dans sa robe jaune légère, la nuque caressée par quelques boucles échappées de sa queue-de-cheval. Assise à la table de cuisine avec Tansy, elle lui faisait répéter sa prochaine audition. Il avait hésité à laisser les filles continuer à la voir autant qu'avant. Mais Rosy avait vraiment un don avec elles. Surtout avec Tansy. Puisqu'elles ignoraient tout de leur relation, pourquoi les priver de ces moments précieux ?

Comme Jack l'avait espéré, la mer et le changement d'air avaient fait des miracles sur sa fille aînée, qui s'épanouissait de jour en jour. Grâce à ses cours de surf et au groupe de théâtre, elle avait commencé à se faire des amis. Elle lui faisait aussi davantage confiance et agissait plus comme une sœur avec Clover que comme une mère de substitution. C'était un soulagement de les entendre se chamailler à propos du menu du dîner ou du film à regarder.

— Bravo, Tansy, c'était très bien.

Rosy ferma le script et sourit.

— Tu seras un vrai atout pour la troupe.

Le visage de Tansy s'illumina.

— Tu crois ?

— Bien sûr. N'oublie pas que j'ai grandi avec une actrice. Je sens la même détermination chez toi.

Elle consulta son téléphone.

— Je dois rentrer. Tu me diras comment s'est passée l'audition. Au revoir, Jack.

Jack la salua d'un air faussement absent. Ce soir, le plan était de la retrouver après avoir déposé Tansy chez une de ses amies du théâtre.

— Papa...

Sa fille le scrutait avec insistance.

— Tu sais, j'aime beaucoup Rosy.

— Tant mieux. C'est une chic fille.

— Papa... Si tu veux sortir avec elle, tu peux. Ça ne nous dérange pas, Clover et moi. Toi aussi, tu l'aimes bien, pas vrai ?

Jack se figea. Les filles avaient tant idolâtré leur mère fragile et excentrique.

— Tansy...

— Maman n'est plus là. Ça fait deux ans, maintenant. Je voulais que tu saches qu'on ne t'en voudrait pas si tu te mettais avec Rosy.

Elle le regardait avec des yeux remplis d'espoir. La poitrine de Jack se serra. Exactement la situation qu'il avait voulu éviter.

— C'est vrai. Rosy est géniale et je l'aime beaucoup...

S'il y avait une chose qu'il ne ferait jamais, c'était mentir à ses filles.

— Mais sa vie n'est pas à Polhallow, ma puce. Elle a un travail très important aux Asturies. Elle et moi préférons rester amis. C'est très bien d'avoir des amis. On n'en a jamais trop.

— Tu n'es pas obligé de rester ici. Tu peux travailler aux Asturies, non ?

— On vient à peine de s'installer. On ne va pas déménager sans arrêt.

Tansy haussa les épaules.

— Si toi et Rosy voulez être ensemble, qu'est-ce qui nous en empêche ?

Jack chercha les bons mots. Il ne voulait ni décourager son honnêteté, ni lui donner de faux espoirs.

— Merci, ça me touche que tu dises ça. Mais nous ne connaissons Rosy que depuis quelques semaines. Même si nous avions une relation, ce serait beaucoup trop tôt pour parler déménagement. Parfois, ce n'est pas le bon moment. C'est la vie, il faut l'accepter. À quelle heure es-tu attendue chez Clara ?

Mais Tansy ne semblait pas décidée à en rester là.

— Clover dit que vous devriez vous marier. C'est juste pour être demoiselle d'honneur, ajouta-t-elle en roulant des yeux. Pour le mariage, oui, c'est trop tôt. Mais pourquoi ne pas au moins essayer ? Rosy aime être avec nous. Elle avait l'air stressée au début de l'été et maintenant, elle rit tout le temps, et nous aussi. On s'amuse bien tous ensemble.

La culpabilité lui noua les entrailles. Il avait fait de son mieux pour offrir à ses filles tout ce dont elles avaient besoin. Non seulement cela, mais aussi une bonne éducation et des activités qui leur plaisent dans un cadre privilégié. Lui, Tansy et Clover étaient très soudés. Mais en dehors de leur bulle la réalité était moins rose. Lily brûlait la chandelle par les deux bouts et disparaissait souvent. Leur cercle social était assez restreint. Ils n'avaient pas non plus de grande famille avec oncles, tantes, cousins et cousines chez qui se réunir. Au fond, leur enfance avait été aussi solitaire que la sienne ou celle de Rosy.

— Tansy, je suis heureux que toi et Clover soyez d'accord

pour que je retombe amoureux. Ce n'est pas ma priorité, mais qui sait ? Hélas, ce ne sera pas Rosy. Elle rentre chez elle la semaine prochaine.

Il s'en voulait de lui faire de la peine. Mais mieux valait tuer cet espoir dans l'œuf.

— Elle habite dans un autre pays, alors que nous commençons enfin à nous sentir chez nous ici. L'amitié est aussi importante que l'amour. Ne l'oublie jamais. Une histoire d'amour peut s'achever du jour au lendemain. Les vrais amis, c'est pour la vie.

La déception voila les yeux de Tansy. Sans un mot, elle monta dans sa chambre préparer son sac pour la nuit. Jack la regarda s'éloigner le cœur lourd. Il s'était pourtant juré de ne jamais faire de promesse qu'il ne puisse pas tenir. Même si rien n'avait été dit, ses sentiments pour Rosy étaient si palpables que les filles l'avaient percé à jour.

Il ne leur restait qu'une semaine. Ils devraient redoubler de discrétion. Quant à ce qu'il avait dit à Tansy, cela valait pour lui aussi. Si lui et Rosy ne pouvaient être ensemble, ils pouvaient au moins être amis. Dieu sait qu'il n'en avait pas de trop ! Peut-être trouveraient-ils un moyen de garder le contact. Une chose était sûre : il n'avait aucune intention de la laisser disparaître de sa vie.

9

C'était encore un bel après-midi qui s'annonçait. Le soleil brillait sans qu'il fasse trop chaud. Les pluies de la semaine précédente avaient comme lavé le paysage et instillé une fraîcheur vivifiante dans l'air. Tout semblait plus propre, plus éclatant.

Arrosa sifflotait en versant la farine dans le saladier, à laquelle elle incorpora plusieurs cubes de beurre. Elle se sentait légère et plus vivante que jamais. Si le sexe avait cet effet-là, alors elle passait clairement à côté de quelque chose depuis toutes ces années. Les longs discours, les politiciens et leur ego, les coupés de rubans, les essayages de robes… Tout cela aurait été plus facile dans cet état de délicieuse langueur. Une chanson entraînante passait à la radio et elle se mit à chanter à tue-tête en mélangeant sa pâte.

Jack passait un peu plus tard. Elle voulait l'impressionner avec des scones faits maison, comme s'ils étaient un vrai couple Elle jouait à l'autruche et le savait. Car la réalité était que le mois de juillet touchait à sa fin, et avec lui son aventure avec Jack. Clem rentrait la semaine suivante. Arrosa devrait dire adieu à sa vie à Polhallow, à ses amis… Et à la petite famille qui avait conquis son cœur. Comment en était-elle arrivée là ? Ce qui avait commencé comme un flirt innocent avait très vite évolué en quelque chose de beaucoup plus fort. Jack l'avait senti aussi. L'autre soir, il lui avait proposé de rester amis après son départ.

Arrosa était partagée. C'était tentant de garder le contact. Mais le supporterait-elle sans l'avoir à ses côtés ? Elle imaginait Jack et les filles avec elle aux Asturies, dans sa jolie villa au bord du lac. Le scénario fonctionnait au domaine Artega, mais s'écroulait à la seconde où ils se confrontaient au monde extérieur. Sa vie était régie par une discipline stricte. Pas très amusant pour deux petites filles réapprenant à sourire après la perte de leur mère. Sans oublier que son consort vivrait constamment sous le feu des projecteurs. Jack était un homme très secret. Son passé et sa vie privée seraient étalés au grand jour, disséqués dans leurs moindres détails. Quel droit avait-elle de lui imposer cela ? Aucun. Surtout pas après une banale idylle d'été.

Non, elle et Jack n'avaient aucun avenir ensemble. C'est pourquoi elle devait savourer l'instant présent sans penser à rien d'autre. Elle quitterait Polhallow avec de merveilleux souvenirs. Jack lui avait tant apporté ! Il lui avait montré que derrière la princesse se cachait une femme sensuelle et passionnée. Une femme capable d'aimer et d'être aimée.

Son fouet se figea dans ses mains. Capable *d'aimer* ? Entre eux, c'était une histoire de désir. Leur alchimie physique était exceptionnelle. Bien sûr, elle l'appréciait aussi en tant que personne. Elle l'appréciait même beaucoup. Mais elle ne pouvait pas être tombée amoureuse. Pas en cinq semaines. Pourtant…

Serait-ce vraiment si étonnant ? Les souvenirs défilèrent dans sa tête tel un film de vacances. Jack marchant sur la plage, expliquant les marées à Clover perchée sur ses épaules. Jack lui donnant sa glace après qu'elle eut fait tomber la sienne. Jack écoutant patiemment Tansy réciter son texte. Jack lui achetant un pull à capuche en se demandant s'il faisait assez branché. Et tant d'autres moments aussi… Jack arpentant la scène du théâtre, présentant son projet avec un enthousiasme communicatif. Jack s'ouvrant à elle comme il ne l'avait jamais fait avec personne. Jack, dont les prouesses d'amant avaient éveillé la femme ardente qui dormait en elle. Comment ne pas l'aimer ? C'était impossible.

Arrosa chassa cette pensée. Le présent. Seul le présent importait. Elle se remit à battre sa pâte en chantonnant, interrompue peu après par un signal de son téléphone. Apparemment, elle avait manqué un appel. Elle écouta sa messagerie vocale.

— Arrosa ?

Sa belle humeur s'évapora aussitôt.

Papa...

Elle s'essuya les mains. La désapprobation de son père transpirait dans son intonation.

— J'espère que tu as bien profité de tes vacances. J'aurais préféré que tu fasses preuve de plus de discrétion. Il faut croire que l'insouciance est de famille, en ce moment.

La honte lui brûla les joues. Naturellement, il l'avait fait surveiller. Une procédure standard, mais qu'elle s'était autorisée à oublier l'espace de quelques semaines. Les espions de son père l'avaient-ils suivie aux îles Scilly ? Les avaient-ils observés, Jack et elle, pique-niquant sur la plage ? Flirtant au pub de Tresco ? Les avaient-ils vus le lendemain dans les bras l'un de l'autre ? Main dans la main tandis qu'ils exploraient l'île ? Oui, sans aucun doute. Cette pensée la révulsa.

— Cela n'a plus d'importance, continuait son père. Je vais te dire la même chose qu'à ta sœur. Les vacances sont terminées. Il est temps de rentrer.

Ses mains tombèrent le long de son corps, encore collantes de farine et de beurre.

Non. Il me reste une semaine...

— Les gens commencent à se poser des questions, Arrosa. Les visites fantômes de ta sœur au palais ne passent plus inaperçues. Tu dois revenir assumer tes fonctions quotidiennes afin de dissiper les soupçons. Et as-tu oublié de ne jamais mélanger vie publique et vie privée ? Tu séjournes dans la région la plus touristique d'Angleterre. Il y a de grandes chances pour qu'on t'ait vue avec cet homme. Il suffit qu'une personne te reconnaissance dans une vidéo ou à l'arrière-plan d'une photo pour que la nouvelle se répande comme une traînée de poudre.

Arrosa serra les dents. Son père avait raison. Comme toujours.

— Écoute...

La note d'indulgence dans sa voix la surprit. Cela ne lui ressemblait pas. C'était presque pire que ses sermons habituels.

— J'ai laissé faire car je comprends que tu aies eu besoin d'une pause. Toi et ta sœur vous êtes bien amusées. Mais l'heure est venue de reprendre vos places respectives. Henri raccompagnera Clémence ce soir et passera te chercher. Nous nous voyons demain.

Le message coupa abruptement.

Arrosa se remit à ses scones tel un automate, sans savoir quels ingrédients elle ajoutait. Son esprit était ailleurs. Ça y est, tout était fini. Ce soir, elle serait de retour aux Asturies, où l'attendait sa vie bien réglée. Ce moment devait arriver. Elle croyait y être préparée...

Son téléphone bipa plusieurs fois. D'autres messages de son père l'informant des rendez-vous prévus à son retour. Elle les ignora. Ses scones étaient dorés à point et gonflés juste comme il fallait. Une vraie réussite. Elle les sortit du four sans en retirer la moindre satisfaction. Son appétit aussi s'était envolé.

Elle se laissa choir sur une chaise, totalement abattue. Elle n'était pas prête à s'en aller. C'était trop tôt ! Elle venait de tomber amoureuse pour la première fois de sa vie. Et elle devrait partir comme s'il ne s'était rien passé ?

Son téléphone sonna. Un appel d'Akil. Arrosa réendossa son rôle de princesse et décrocha.

— Akil ? Est-ce que tout va bien ?

Question idiote. Elle savait que Clem et lui étaient devenus très proches. Rentrer ne devait pas enchanter sa sœur plus qu'elle.

Le ton sérieux d'Akil confirma son intuition.

— Pas vraiment. As-tu parlé à ton père ?

— C'est drôle que tu me demandes ça. Il m'a laissé plusieurs messages m'enjoignant de rentrer.

— Il a donné le même ordre à Clem, l'informa Akil.

— Eh bien, nous savions toutes les deux que ça ne pouvait pas durer éternellement...

Sa voix flancha malgré elle.

— Non. À un moment donné, les gens allaient vouloir voir le visage de leur princesse. Clem devrait pouvoir quitter le palais sans avoir à se déguiser. Mais ça ne signifie pas que tout doit redevenir exactement comme avant, tu ne crois pas ?

Arrosa n'était pas sûre de comprendre où il voulait en venir.

— Que veux-tu dire ?

— Les choses vont changer aux Asturies. Tu es le fer de lance de cette nouvelle ère, Arrosa. Quitte à prendre un nouveau départ, pourquoi ne pas aller jusqu'au bout ?

— Est-ce à propos de Clem ?

— Je l'aime, confessa Akil. Et je sais qu'elle m'aime aussi Mais elle refuse de rester. Elle sacrifie son propre bonheur car votre père l'a convaincue que le scandale, si son existence venait à être connue, serait un fardeau pour toi et elle t'aime trop pour te causer du tort.

Son père avait fait *quoi* ? Elle le savait manipulateur, mais pas à ce point !

— C'est faux, réfuta-t-elle. Je ne demande pas mieux que tout le monde sache qui elle est. Je suis si fière d'elle Mais comment pourrais-je lui faire ça ? Clem n'a jamais été la cible des médias. Elle ignore ce que c'est d'être suivie partout, d'avoir ses moindres faits et gestes décortiqués, ses moindres expressions interprétées au point d'être forcée de porter constamment un masque. Sa vie amoureuse ne fait pas l'objet de rumeurs et de spéculations. Elle jouit d'une liberté que je n'aurai jamais. Si le public apprenait qui elle était, elle la perdrait. Je refuse de lui infliger ça.

— Ne penses-tu pas que c'est à elle d'en décider ? répliqua Akil. En essayant de vous protéger l'une l'autre chacune de votre côté, vous y perdez toutes les deux.

— Dois-je comprendre que tu agis de façon purement désintéressée ?

— Je ne nie pas que j'aimerais continuer à la voir si elle reste aux Asturies. Mais il ne s'agit pas de nous. Elle est seule, Arrosa. Elle rentre en Cornouailles où ne l'attend aucune famille, personne qui se soucie vraiment d'elle. Elle n'a que toi et moi.

Arrosa balaya des yeux le cottage rempli de souvenirs. Akil avait raison. La vie de Clem s'était arrêtée le jour où sa mère avait reçu son diagnostic. Elle avait beaucoup d'amis à Polhallow. Mais sa famille – et l'homme qui l'aimait – vivaient à des centaines de kilomètres de là.

— Qu'as-tu en tête ? demanda-t-elle.

— Je vais aller voir votre père et lui conseiller de la reconnaître publiquement, si Clem est d'accord. Après quoi, je ferai mon possible pour la convaincre de nous donner une chance. Es-tu prête à me soutenir, Arrosa ?

Elle n'eut pas la moindre hésitation.

— Bien sûr. À cent pour cent.

— Merci. C'est tout ce que j'avais besoin d'entendre.

L'appel terminé, elle contempla son téléphone dans sa main. Elle était heureuse pour Clem, même si aucun happy end ne se profilait de son côté. Après un moment, elle envoya un message à sa sœur :

Sache que quoi que tu décides, je suis avec toi. Je suis fière de t'avoir dans ma vie et le crierai sur les toits si tu me le demandes.

Ta sœur qui t'aime.

La réponse ne se fit pas attendre.

Pareil pour moi.

Elle sourit et tapa un autre texto, cette fois pour Akil.

Quoi que ma sœur décide, je suis avec elle. Elle aura toujours mon soutien.

Elle ignorait ce que l'avenir leur réservait. Mais si Clem avait trouvé le bonheur, alors leur échange n'aurait pas été vain. C'était une consolation.

Quelque chose clochait. Jack n'aurait su mettre le doigt sur quoi. Rosy était plus belle que jamais dans une robe bohème à fleurs, ses cheveux noirs bouclant librement dans son dos. Un goûter appétissant était disposé sur la table : scones fraîchement sortis du four, fruits de saison, crème et confiture. Mais son sourire était crispé et son regard fuyant lorsqu'elle l'embrassa.

— J'ai préparé des scones, dit-elle d'une voix qui sonnait creux.

Aucun doute. Quelque chose n'allait pas.

— Ils ont l'air délicieux. Je peux me servir ?

À vrai dire, il n'avait plus faim. Mais il en coupa un en deux et y étala de la confiture. Rosy se lavait les mains, penchée sur l'évier. Ses cheveux détachés formaient un rideau qui lui cachait son visage.

— Rosy, si tu venais t'asseoir avec moi ?

Elle resta silencieuse un moment. Jack avait un mauvais pressentiment. Lorsqu'elle se retourna, son expression ne laissait rien filtrer.

— Jack, je dois rentrer aux Asturies.

— Ça, je le sais bien.

Et il n'était pas prêt, réalisa-t-il dans un sursaut. Il savait depuis le début que leur relation avait une date limite. Il croyait l'avoir accepté. Mais, comme un enfant qui vit au jour le jour, il avait refusé de se projeter, en espérant que ce qu'il y avait entre eux s'essouffle de lui-même. Sauf que ce n'était pas arrivé. Et si cela n'arrivait jamais ?

— Non. Je dois rentrer ce soir.

— Quoi ?

Il avait dû mal entendre.

— Mon père me rappelle aux Asturies. Il renvoie Clem et veux que je revienne aussi.

— Tu es une adulte, Rosy. Tu rentres quand tu le décides.

— Ce n'est pas si simple, objecta-t-elle. J'ai un devoir et des responsabilités. Je ne peux pas tout abandonner comme ça, même si je le voulais.

— Le veux-tu ?

Nouveau silence. Un sourire nostalgique joua sur ses lèvres.

— Au pub à Tresco, tu m'as demandé qui je serais si je pouvais être quelqu'un d'autre. Je t'ai répondu que je ne gaspillais pas mon temps et mon énergie en rêves utopiques. Tu t'en souviens ?

Il opina.

— Je le pensais, Jack. C'est mieux comme ça. Mais cet été, pour la première fois, je me suis laissée aller à imaginer une autre vie. Une vie ici, en Cornouailles, où je serais libre d'être avec qui je veux. Libre de t'aimer.

Les mots résonnèrent dans le silence. Le cœur de Jack cognait à tout rompre.

— Moi aussi, murmura-t-il.

Il vit les lèvres de Rosy trembler.

— C'est un joli rêve. Mais je ne suis pas juste Rosy et ne le serai jamais. Ce que je ressens pour toi, pour tes filles, est la plus belle chose qui me soit arrivée. Je n'ai aucun regret. Mais mes sentiments ne changent rien. Tu comprends, n'est-ce pas ?

Oui, il comprenait. Mieux que personne. Lui aussi faisait passer ses responsabilités avant tout. Si elle était le genre de femme à privilégier ses désirs aux dépens de tout le reste, il ne serait pas tombé amoureux d'elle. Son intégrité était ce qui l'avait séduit en premier. Ironie du sort, c'était cette intégrité qui se dressait maintenant entre eux.

— Combien de temps avons-nous ?

— Quelques heures.

Jack chancela. Choc, tristesse et déception se disputaient en lui. Il lui semblait que quelque chose de rare et précieux était en train de lui filer entre les doigts.

— Alors assez perdu de temps.

Il se leva sans toucher à son scone et attira Rosy dans ses bras.

— Jack...

Ses lèvres s'emparèrent des siennes avec la violence du désespoir. Ce moment, là, maintenant... C'était tout ce qu'il leur restait. Pas question d'en gaspiller une seule seconde.

— Pour moi, ce n'était pas qu'une passade, avoua-t-il lorsqu'ils rompirent leur baiser.

— Pour moi non plus, souffla Rosy. Si les choses avaient été différentes...

— Nous devons accepter notre destin.

Rosy était son âme sœur. Elle et lui formaient un accord parfait. Avec Lily, cela avait été une passion adolescente, à partir de laquelle ils avaient construit une vie ensemble. Mais ils ne s'étaient jamais vraiment compris l'un l'autre.

— Je suis heureuse de t'avoir rencontrée, Jack. Tu es un père et un homme formidable. Tu comptes beaucoup pour moi, mais...

— Ne dis rien, la coupa-t-il. Nous savions tous les deux que nous n'avions qu'un été. Si c'était à refaire, je ne changerais rien.

— Rien du tout ?

— D'accord, je t'embrasserais dès le premier jour. Et tous les jours suivants.

— Ça aurait été un peu bizarre, non ? Les gens auraient remarqué...

— Quelle importance ?

Il reprit sa bouche dans un long baiser langoureux, comme s'ils avaient toute la vie devant eux. C'était sa façon de lui exprimer combien elle comptait pour lui, mieux que des mots ne sauraient le faire. Rosy n'était pas en reste, son corps moulé contre le sien. Jack continuait à prendre son temps, refusant de laisser le compte à rebours s'égrenant insidieusement gâcher leurs adieux. Car c'était ce que c'était, il le savait déjà. Quoi qu'ils disent ou fassent dans les prochaines heures, ce baiser était leur ultime au revoir.

Il mémorisait chaque détail, chaque sensation. L'odeur de Rosy, si enivrante et singulière. La douceur satinée de sa peau. Le goût de ses lèvres sur les siennes. Ses petits soupirs entrecoupés de mots doux. Rosy saturait ses sens et ses pensées. Plus rien n'existait qu'elle.

Elle leva les yeux vers lui, le regard voilé de désir.

— Je te veux, Jack. Allons en haut.

— Tu m'as déjà.

Il la souleva sans crier gare et bâillonna son petit cri de surprise d'un autre baiser.

— Je suis à toi corps et âme, affirma-t-il en la portant jusqu'à la chambre.

C'était la vérité. Au moins jusqu'à ce soir.

10

— Maman, est-ce que ça va ?

La reine Iara était passée maîtresse dans l'art de dissimuler ses émotions. Arrosa ne l'avait jamais vue tomber le masque une seule fois. Mais peut-être aujourd'hui ferait-il exception car, dans moins d'une demi-heure, la famille royale des Asturies donnerait une conférence de presse afin de révéler au monde l'existence de Clem.

— Bien sûr, ma chérie. Clémence est une jeune femme charmante. Je suis heureuse de l'accueillir au sein de notre famille.

— Maman, c'est moi. Épargne-moi les formules toutes faites.

Mais elles n'étaient pas proches. Elles ne s'étaient jamais confiées l'une à l'autre. Peut-être était-ce pour cela qu'Arrosa ne lui avait pas parlé de Jack. Il lui manquait tellement ! Elle avait espéré que le vide dans son cœur s'atténuerait avec le temps. Ils étaient maintenant séparés depuis plus longtemps qu'ils ne s'étaient connus. Mais son absence se faisait toujours aussi vivement ressentir, doublée d'une sensation de perte irrémédiable. Par chance, son agenda surchargé l'empêchait de broyer du noir. Elle se jetait à corps perdu dans le travail jusqu'à s'écrouler dans son lit le soir.

La nouvelle loi de succession avait été ratifiée à l'unanimité le mois précédent. Arrosa était désormais l'héritière officielle de la Couronne. Un titre qui, du jour au lendemain, avait multiplié ses responsabilités. Son père avait envisagé de rendre l'existence de Clem publique avant la ratification. Mais Clem ne voulait pas faire de l'ombre à Arrosa à l'aube de son grand moment. Le fait que Zorien accepte de la reconnaître lui suffisait. Cependant, l'annonce ne pouvait être repoussée indéfiniment. La présence de Clem au domaine Artega, où elle s'était installée à la villa avec Arrosa, soulevait des questions. Elle apparaissait aussi de plus en plus souvent en public avec Akil Ortiz. Clem avait fini par donner son feu vert. Ne restait alors plus qu'à obtenir celui de la reine. L'annonce d'aujourd'hui allait bouleverser sa vie du tout au tout. Arrosa espérait de tout cœur que sa sœur soit vraiment prête. Et sa mère aussi.

— Le passé va être étalé aux yeux de tous. Ce doit être difficile, insista-t-elle.

La reine la gratifia d'un sourire serein.

— La liaison de ton père était terminée avant notre mariage.

— Pas depuis longtemps. Et peut-être n'étiez-vous pas officiellement fiancés quand il était avec Simone, mais vous aviez un accord...

— C'était différent pour nous, intervint sa mère. Je n'étais pas amoureuse de Zorien quand je l'ai épousé, pas plus qu'il n'était amoureux de moi. Notre mariage a été décidé car être reine implique des sacrifices que j'étais prête à faire. Je respectais ton père et le respecte toujours. Clémence et Simone n'ont rien changé à cela.

Était-ce la vérité ? Iara avait appris l'existence de Clem alors qu'elle était déjà enceinte d'Arrosa. Aucun autre enfant n'était né après elle. Ses parents faisaient chambre à part depuis des années. Avaient-ils vraiment essayé de concevoir à nouveau ? Ou savoir que son mari en aimait une autre avait-il empoisonné leur mariage ? Une fois de plus, elle regrettait de ne pas être assez proche de sa mère pour obtenir des réponses.

Ou même la serrer dans ses bras comme Simone le faisait si facilement. Elle se contenta de poser une main sur la sienne.

— Je voulais que tu saches que j'apprécie ce que tu fais. Merci d'accueillir Clem dans notre famille. Ce ne doit pas être facile pour toi. Ta générosité me touche.

— Simone en a fait autant pour toi. Je lui en ai toujours été reconnaissante, dit Iara. Tu t'épanouissais en Cornouailles. Après chaque période de vacances, tu rentrais radieuse et revigorée. Cet été n'a pas fait exception. Je m'inquiétais pour toi. Mais depuis ton retour, tu sembles être redevenue toi-même.

— Merci.

Alors sa mère s'était rendu compte qu'elle n'allait pas bien ? Arrosa songea à Jack et sentit ses joues s'enflammer.

— Je comprends mieux, maintenant, pourquoi tu pars en retraite chaque année. C'est vital de s'éloigner du devant de la scène de temps en temps.

— J'ai accepté mon rôle avec toutes les contraintes qu'il impliquait, répondit sa mère. Cela fait beaucoup parfois, mais je n'ai pas le droit de m'en plaindre. Un mois loin de tout chaque été me permet de relâcher la pression. J'espère que tu sauras en faire autant. Les temps changent, Arrosa. Ton nouveau titre en témoigne. Tu n'es pas obligée de suivre le même chemin que ton père et moi. Sois la souveraine moderne dont les Asturies ont besoin.

Elle indiqua Clem à l'autre bout de la pièce, étonnamment classique en robe bleu marine et blazer assorti. Elle et Akil, main dans la main, affichaient une touchante complicité.

— La vie de ta sœur s'apprête à prendre un virage irrévocable. Mais elle vous a à ses côtés, toi et Akil Ortiz. Après aujourd'hui, elle pourra faire publiquement partie de ta vie. Tu auras besoin de son soutien dans les années à venir.

Était-ce pour cette raison qu'Iara acceptait de se tenir aux côtés de son mari pendant qu'il annonçait au monde entier l'existence de l'enfant d'une autre ? Pour son bien à *elle* ? Arrosa savait que sa mère l'aimait. Mais elle s'était toujours montrée si distante… Le fait qu'elle soit prête à un tel sacrifice la bouleversait. Peut-être n'était-il pas trop tard pour amender leur relation, tout compte fait ?

— Les prochaines semaines s'annoncent mouvementées. Surtout pour Clem, convint Arrosa. Mais je suis heureuse que nous n'ayons plus à nous cacher. Tu as raison. Qu'elle vive aux Asturies et fasse partie de ma vie me sera d'un grand réconfort.

— Ce n'est pas le seul réconfort dont tu auras besoin, Arrosa. Je te souhaite de rencontrer un homme qui te regarde comme Akil Ortiz regarde ta sœur. Qui te soutienne comme il la soutient. Le titre de souverain isole celui qui le porte. Mais pas s'il s'entoure des bonnes personnes.

Elle tourna la tête vers la porte.

— Ah, ton père est là. C'est l'heure.

Sans l'ombre d'une hésitation, Iara rejoignit le roi et accepta son bras, son masque impassible parfaitement en place. Arrosa prit une grande inspiration avant de leur emboîter le pas, suivie par Clem. Sa sœur lui serra affectueusement l'épaule, et tous quatre sortirent sur l'esplanade, prêts à affronter ensemble les médias réunis dehors.

L'annonce de l'ascendance de Clem fit l'effet d'une bombe. L'histoire possédait tous les ingrédients du parfait scandale royal : une liaison secrète, un enfant illégitime, une épouse bafouée faisant bonne figure auprès de son mari, et deux ravissantes jeunes femmes, dont une future reine. La presse débarqua des quatre coins du globe, avide de détails croustillants sur l'affaire. Non seulement aux Asturies, mais aussi à Polhallow où le cottage, bien que désert, fut assiégé par les photographes. Même Gus n'y vivait plus, installé à la villa du domaine Artega où il avait rapidement trouvé sa place.

Et ce n'était que le début. Quelques semaines plus tard, alors que le scandale initial commençait à s'essouffler, ce qui devait arriver arriva. Quelqu'un finit par faire le lien entre Rosy, la cousine étrangère de Clem, et sa demi-sœur royale. Ce rebondissement déclencha une nouvelle salve de spéculations dans les médias internationaux. Le café du village fut pris d'assaut par les reporters, et la pauvre Sally, bombardée de questions sur son amitié avec les deux jeunes femmes. Ce fut pire lorsqu'une source anonyme pointa la complicité entre Rosy et Jack. La presse s'en empara aussitôt dans une série de gros titres tous plus racoleurs les uns que les autres.

— Regarde ça.

Arrosa poussa sa tablette vers Clem, l'estomac noué.

— Tu ne devrais pas lire ces bêtises, la sermonna sa sœur.

Mais elle semblait tendue, elle aussi. Arrosa culpabilisa. Clem subissait de plein fouet la tempête médiatique. Les réseaux sociaux diffusaient en boucle les publicités dans lesquelles elle avait tourné, ainsi qu'une scène d'amour tirée d'un de ses feuilletons télévisés. Les portraits de son book photo étaient reproduits *ad nauseam* partout dans la presse.

— Ce n'est pas nous qui sommes visées, mais Jack.

— Jack ?

Clem haussa un sourcil.

— Jack Treloar ?

Arrosa n'avait jamais eu de secrets pour sa sœur. Mais elle n'avait pas su trouver les mots pour lui parler de Jack. Ce qu'ils avaient vécu était encore trop frais dans sa mémoire. Leur séparation trop douloureuse. Surtout face à Clem et Akil qui semblaient chaque jour plus amoureux.

— Oui. Nous étions… proches.

— Proches ? Proches comment ?

Clem s'empara de la tablette et lut à voix haute :

— « La Princesse et le Bad-Boy, leur été torride ». Je te jure… Tu joues les baby-sitters une ou deux fois et voilà ce que ça donne ! Écoute ça. « Si la Cornouailles est prisée pour ses plages de rêve, la princesse Arrosa y a vu d'autres attraits. Une source exclusive nous révèle que l'héritière du trône des Asturies, âgée de vingt-sept ans, s'est offert une aventure avec le millionnaire et self-made man local Jack Treloar. Jack, trente ans, a été marié à Lily Fforde-Browne, la jet-setteuse au destin tragique décédée d'une overdose il y a deux ans, laissant derrière elle deux jeunes enfants. Aujourd'hui, il semble que le jeune veuf ait tourné la page et vise encore plus haut. Son mariage avec Lily à dix-huit ans avait fait grincer des dents chez les Fforde-Browne au vu de sa réputation peu reluisante. Mais Treloar a parcouru bien du chemin depuis. Fondateur de Treloar Capital Investments, il s'est établi à Londres dans le quartier huppé de Primrose Hill, avant de ramener sa famille en Cornouailles où il a fait l'acquisition d'une superbe villa Arts déco estimée à trois millions de livres. La princesse et le rebelle se seraient éclipsés pour un week-end romantique aux îles Scilly. " Ils avaient l'air très amoureux ", confie Lucy Christie, vacancière sur l'île. " De vrais tourtereaux en lune de miel. " »

Clem secoua la tête.

— Qu'est-ce qu'ils ne vont pas inventer…

Arrosa ne répondit pas. Son silence parut mettre la puce à l'oreille de sa sœur.

— Rosy ? Est-ce que tout est vrai ?

Elle écarquilla les yeux.

— Ça alors ! Toi et Jack ? Pourquoi ne m'as-tu rien dit ?

— Je ne sais pas… Il se passait tellement de choses à la fois. Ça ne semblait pas important.

— Pas important ? Tu es ma sœur ! Ce qui compte pour toi compte pour moi aussi. Était-ce sérieux entre vous ?

Arrosa baissa tristement la tête.

— C'est impossible, tu le sais bien. Jack est très protecteur pour ce qui concerne sa vie privée. Il détesterait le monde dans lequel je vis.

— Qu'il le veuille ou non, il y est maintenant plongé jusqu'au cou, observa Clem.

Elle savait de quoi elle parlait. Arrosa prit la tablette et grimaça en relisant l'article.

— Quel torchon. Ils le dépeignent comme un séducteur arriviste ! Je savais que j'aurais dû garder mes distances.

— Alors pourquoi ne l'as-tu pas fait ?

— Je pensais que personne n'en saurait rien, admit-elle. Je voulais profiter de bons moments avant que plus rien ne soit comme avant. Jack n'est pas du tout tel que le décrivent les médias. C'est un homme de principes, gentil et…

— Ultra sexy ? compléta Clem.

Arrosa soupira.

— Je l'ai désiré comme personne avant lui. J'ai même cru que quelque chose ne tournait pas rond chez moi. Concilier mon rôle de princesse et ma vie privée n'avait jamais été un problème jusque-là. Aucun homme ne m'avait jamais tentée au point de me faire baisser ma garde. Puis Jack est arrivé et… Impossible de lui résister. Je n'ai pas vraiment essayé non plus.

Clem posa une main réconfortante sur la sienne.

— Tu as le droit d'être comme tout le monde, Rosy. Ça veut dire que tu as le droit de t'amuser, rencontrer des gens et partir en week-end romantique.

— Cet article est un tissu de mensonges, s'insurgea Arrosa. Ce que nous avons vécu était merveilleux !

— Êtes-vous toujours en contact ?

Elle secoua la tête.

— Nous avions parlé de rester amis. Mais je ne pouvais pas. Ça m'aurait fait trop mal. Et puis, les filles ignoraient qui j'étais. Plus maintenant, j'imagine. Avec la vie que j'ai, c'était préférable de couper les ponts une bonne fois pour toutes.

— Mais il te manque ?

— Terriblement.

— Tu sais ce que je pense ?

— Quelque chose me dit que je ne vais pas tarder à le savoir, plaisanta Arrosa.

— Pour citer Akil, un secret n'a de pouvoir que tant qu'il en est un. Une fois éventé, il ne peut plus être utilisé contre toi. Pauvre Sally, ajouta Clem. Les reporters ne la quittent pas d'une semelle. Leur présence nuit au café et fait peur à Alice. Nous devons lui venir en aide. Que dirais-tu de les inviter, elle, Jack, et tous les enfants ?

— Ici ? Aux Asturies ?

— Au domaine Artega. Le palais est vide. Tes parents n'y sont jamais. Le parc est immense et parfaitement sécurisé. C'est l'endroit idéal pour attendre que la tempête se calme. Et puis, ce sera l'occasion de voir où Jack et toi en êtes vraiment.

Clem avait raison. Sally ne méritait pas de se débattre seule avec ce qui lui tombait dessus. Ce n'était pas la place qui manquait au palais avec ses appartements inutilisés. La villa n'était qu'à un demi-kilomètre. Même s'ils logeaient sous deux toits différents, elle et Jack ne pourraient s'éviter.

— Mais si Jack vient aux Asturies, tout le monde s'imaginera que nous sommes ensemble…

— De deux choses l'une, dit sa sœur. Soit nous le faisons venir en secret, en croisant les doigts pour que personne ne se doute de rien. Soit nous prenons les devants et donnons aux médias de quoi remplir leurs unes. C'est à toi d'écrire cette histoire, Rosy. Passe du temps avec Jack. Voyez ce qu'il y a entre vous. Peut-être est-ce plus qu'une aventure de vacances.

Arrosa se mordit la lèvre. La proposition de Clem était tentante. Il y avait juste un problème.

— Il ne viendra pas, affirma-t-elle. L'école a repris. Ce serait trop perturbant pour les filles.

Sans compter qu'il était trop fier pour chercher refuge

auprès d'elle. Il devait la détester d'avoir semé un tel désordre dans sa vie.

— Tu paries ?

Clem lui tendit son téléphone. Une vidéo du journal télévisé britannique montrait des hélicoptères survolant la villa de Jack et une foule de journalistes massés devant le portail.

— Nous sommes en octobre. Avec les vacances d'automne, elles ne manqueront qu'une semaine ou deux. De toute façon, je doute qu'elles arrivent à se concentrer dans ces conditions. Appelle Jack et dis-lui de venir.

Un sourire joua sur les lèvres de sa sœur.

— Je suis certaine qu'il dira oui.

— Papa, regarde ! On se croirait dans un conte de fées !

Clover contourna une armure avec circonspection, comme si elle risquait de s'animer à tout instant.

— C'est un vrai palais !

Jack partageait l'ébahissement de sa cadette. Les Asturies étaient un pays magnifique. Avant d'atterrir en fin d'après-midi, ils avaient survolé des montagnes coiffées de neige et de profondes vallées, des criques sublimes aux eaux turquoise et de pittoresques villages fleuris. Sitôt descendu du jet, leur petit groupe s'était vu transférer dans une limousine qui les avait conduits droit au domaine Artega. Les gardes postés au portail avaient vérifié leurs identités, puis ils avaient traversé ce qui lui avait paru des kilomètres de bois et de jardins avant de découvrir le palais, féerique avec ses tourelles, ses flèches et sa dentelle de pierre. De quoi lui rappeler que tout millionnaire qu'il soit, lui et Arrosa appartenaient à deux mondes différents.

Une gouvernante les avait guidés à travers un vaste hall dominé par un escalier monumental, puis un dédale interminable de couloirs, jusqu'à des appartements somptueux où un dîner leur avait été servi. Si tous tombaient de fatigue au moment de se mettre à table, les trois fillettes avaient rapidement recouvré la forme. Jack, lui, comme Sally, avait regardé défiler bouche bée les cinq plats princiers accompagnés des meilleurs vins. Le décalage n'aurait pu être plus total avec leur fuite du matin poursuivis par une horde de paparazzis. Le décor, les chandelles, l'argenterie... La scène avait eu quelque chose d'irréel.

Ces derniers jours avaient été intenses depuis que les vacances secrètes de Rosy en Cornouailles faisaient les gros titres. Par chance, les filles vivaient cela comme une aventure, y compris Tansy. Loin de se sentir trahie par les cachotteries de Rosy, elle trouvait son histoire incroyablement romantique. En ce qui le concernait, ce n'étaient pas ses premiers démêlés avec les tabloïds. Le mode de vie bohème de Lily et sa mort tragique avaient été du pain bénit pour eux. Mais rien n'aurait pu le préparer au choc d'être propulsé à la une des médias du monde entier. Il comprenait mieux le besoin de Rosy de s'isoler, son insistance à garder son séjour secret, ou encore sa conviction que son titre était incompatible avec une vie de couple. Quel homme se placerait volontairement dans cette position ?

— Alice et moi rejoignons Clem tout à l'heure pour visiter le domaine, annonça Sally. Elle-même admet n'en avoir exploré qu'une partie. Imaginez vivre dans un endroit si immense que vous pouvez partir en randonnée dans votre propre parc ! Il y a même un lac où se baigner. Le temps s'y prête. La météo est encore superbe pour un mois d'octobre.

Sally semblait beaucoup plus détendue ce matin. Jack l'enviait.

— Voulez-vous que j'emmène les filles pour que vous puissiez travailler ? À moins que Rosy et vous n'ayez prévu quelque chose ?

Elle sirota son thé d'un air innocent.

— Elle n'est pas Rosy ici, mais Arrosa.

Jack se servit en café et passa en revue le généreux petit déjeuner. Fruits, pain frais, viennoiseries, fromage… Tout avait l'air exquis. Mais il n'avait pas vraiment d'appétit.

— Elle est toujours la même personne, remarqua Sally.

Il promena les yeux sur les tentures en soie, les meubles anciens, les parquets cirés, les moulures aux plafonds. Cet appartement était destiné aux invités. Un appartement comprenant quatre chambres avec salles de bains, une salle à manger, un grand salon et un boudoir ! Il n'osait imaginer à quoi ressemblaient les appartements royaux. Qu'est-ce que cela faisait de grandir dans un tel environnement ? Mais Rosy ne vivait plus au palais. Elle l'avait quitté à vingt et un ans. Sally avait raison : elle restait la personne qu'il connaissait. Celle qu'il considérait comme une amie. À qui il avait fait l'amour la dernière fois qu'il l'avait vue…

— Vous êtes sûre que ça ne vous dérange pas de prendre les filles ?

— Pas du tout, assura Sally. Ce sera plus amusant pour Alice d'avoir ses amies avec elle. Et puis, Clem et moi avons beaucoup de choses à nous raconter. Prenez tout le temps qu'il vous faudra.

Les filles sautèrent de joie à l'idée de passer la journée à se baigner, explorer le parc et visiter les écuries. Et surtout rencontrer Clem, véritable icône à leurs yeux. Tansy vénérait l'actrice professionnelle, Clover la princesse retrouvée.

Resté seul, Jack prit le chemin de la villa au bord du lac. Ses pensées glissèrent naturellement vers Rosy. Elle n'était pas là pour les accueillir à leur arrivée au palais. Son ton était courtois et distant lorsqu'elle l'avait contacté pour lui proposer d'accompagner Sally et Alice aux Asturies avec ses filles, le temps que le déchaînement médiatique retombe. Elle lui avait manqué ces dernières semaines. Plus qu'il n'osait se l'avouer. Combien de fois avait-il voulu l'appeler, pour se raviser au dernier moment ?

La villa était charmante, découvrit-il en approchant, pas du tout ostentatoire avec ses murs blancs et son unique étage, entourée de ravissants jardins. Difficile de croire qu'il rendait visite à une princesse. Il n'avait croisé aucun garde ni aucun domestique. Mais nul doute qu'il était étroitement surveillé tandis qu'il se dirigeait vers l'entrée. La porte s'ouvrit avant même qu'il ait frappé.

Son souffle se bloqua dans sa gorge. Elle était exactement telle qu'il l'avait quittée. Ce ne devrait pas être un choc. À quoi s'attendait-il ? À ce qu'elle lui ouvre en robe de bal, une couronne sur la tête ? Peut-être aurait-il préféré. Avec ses cheveux détachés et sa robe longue vaporeuse cintrée à la taille, elle était la Rosy dont il était tombé amoureux. Pas la princesse à qui il avait fait ses adieux trois mois plus tôt.

— Bonjour.

Jack resta en retrait, trop tenté de la prendre dans ses bras et l'embrasser. Inutile de compliquer davantage les choses.

— Bonjour, Jack. Je t'offre un café ?

— Volontiers.

— Entre.

La maison était meublée avec élégance et simplicité, dominée par le bois naturel. Les tapis colorés, les coussins sur les sofas, les cadres aux murs... Tout était d'excellente facture et pensé avec goût. Mais on sentait que Rosy avait choisi chaque élément parce qu'il lui plaisait, pas à cause de son prix. La décoration très personnelle faisait se côtoyer paysages et toiles abstraites, livres et poteries artisanales. Il suivit la jeune femme jusqu'à une cuisine lumineuse avec ses portes-fenêtres donnant sur le jardin et le lac au-delà.

— C'est agréable, chez toi, commenta-t-il.

— Merci. J'ai toujours adoré le cottage en Cornouailles. Je voulais recréer la même atmosphère. Je n'ai pas le talent de Simone, mais le résultat me plaît assez.

— Ça n'a rien à voir avec le palais.

— Ça, c'est sûr ! Je vous ai fait installer dans la suite Mendoza car c'est la moins cérémonieuse.

— La *moins* cérémonieuse ?

— Tu n'as pas remarqué ? Il y a moins de dorures, dit-elle avec un sourire espiègle.

— En effet. J'ai trouvé le style très épuré.

La glace était brisée, au grand soulagement de Jack. Quelques minutes plus tard, il était assis à table devant un café et un plateau de pâtisseries. Mais Rosy, nota-t-il, garda ses distances en s'asseyant à son tour. Lui aussi attendit qu'elle se serve la première avant de prendre une pâtisserie, de peur de la frôler par accident.

— Je suis désolée, commença-t-elle. Nous nous doutions que la presse s'inviterait à Polhallow après l'annonce concernant Clem. Mais je n'avais pas envisagé qu'on me démasque aussi. Je ne suis pas si naïve, d'habitude. À vrai dire, mon père m'avait prévenue qu'on risquait de me reconnaître. J'aurais dû vous mettre en garde, toi et Sally.

Mais Jack n'avait aucun reproche à son encontre.

— Tu m'avais averti, Rosy. Je connaissais les risques en étant avec toi. Quant à Sally, sa famille a retourné la situation à son avantage. Ils ont ajouté des tables dehors et tout journaliste réclamant une déclaration doit consommer. Ils ont même inclus un Thé Princesse dans leur carte en ton honneur.

— Tant mieux. Autant que ça profite à quelqu'un. Toute cette agitation a quand même dû faire peur aux filles. Comment vont-elles ?

— Bien. Merci de les avoir invitées ici. Pour elles, c'est comme une aventure.

— Mais elles avaient tellement hâte de reprendre l'école…

— Les professeurs ont convenu qu'une ou deux semaines d'absence ne nuiraient pas à leur scolarité, la rassura Jack. C'était plus compliqué pour elles de s'acclimater avec la presse agglutinée devant leurs établissements. Et puis, les cours sont consultables en ligne.

— Et toi ? Comment vas-tu ? s'enquit Rosy.

Eh bien, cette histoire avait ravivé de mauvais souvenirs de la mort de Lily. Voir l'épisode le plus douloureux de sa vie étalé dans les médias avait été une expérience déplaisante. Mais il savait que Rosy culpabilisait assez comme cela.

— Bien. Sans les filles, j'aurais fait face sans problème.

— J'espère qu'être ici leur plaira, continua-t-elle. Il y a plein de choses à faire au domaine et Henri est très doué pour faire sortir les gens clandestinement. J'ai préparé toute une liste d'activités amusantes.

Nul doute que Tansy et Clover voudraient toutes les faire. Mais mieux valait éviter de reproduire le même schéma qu'à Polhallow.

— Tu n'es pas obligée de nous distraire, tu sais. Tu dois être très occupée. Et puis, ce ne serait pas judicieux d'encourager les rumeurs à notre sujet. Ne te méprends pas, j'apprécie l'efficacité avec laquelle ton équipe nous a fait quitter l'Angleterre. Personne ne sait que nous sommes là et je préférerais que ça reste ainsi. Nous afficher ensemble ne ferait que jeter de l'huile sur le feu.

— Bien sûr. Tu as raison, mais…

Elle tritura nerveusement une mèche de cheveux.

— Mais ?

— Je comprends que tu veuilles faire profil bas le temps que les choses se tassent. Il est néanmoins possible que ta présence ici fuite malgré nos précautions.

Jack y avait pensé. Mais la nécessité d'éloigner ses filles avait pris le dessus. Si en plus cela lui permettait de revoir Rosy…

— Nous pouvons toujours aller ailleurs, suggéra-t-il.

— Ou alors…

Nouvelle hésitation.

— Nous pourrions donner aux médias ce qu'ils attendent.

— Que veux-tu dire ?

— Si cette histoire a pris de telles proportions, c'est parce que les journalistes pensent tenir un secret bien gardé, expliqua-t-elle. Mais si c'est nous qui tirons les ficelles, ils n'auront plus de raison de te traquer.

Jack n'était pas sûr de voir où elle voulait en venir.

— Que proposes-tu ?

— Voilà l'idée. Nous donnons une interview dans laquelle nous prétendons que nous nous sommes rencontrés grâce à Clem, que nous sortons ensemble depuis quelques mois, mais que nous préférions attendre de voir si c'était du sérieux avant d'officialiser. Nous nous montrons en public de temps en temps, puis tu rentres en Angleterre et dans quelques semaines nous annonçons que nous avons rompu. Les médias ne nous lâcheront pas tout de suite. Mais au moins, nous contrôlerons ce qu'ils racontent. S'il n'y a plus de secret, ils se désintéresseront vite de nous.

— Alors ce serait juste pour les apparences ? résuma Jack.

— C'est à nous d'en décider. Notre séparation a été plus brutale que prévu. Nous n'étions pas prêts. Pour ma part en tout cas, je regrette la façon dont les choses se sont passées.

Jack savait qu'il devait couper court à cette discussion, avant de faire quelque chose de stupide comme accepter.

— Tu me manques, Rosy...

— Toi aussi, tu me manques.

Leurs regards se happèrent. Que n'aurait-il donné pour pouvoir dire oui !

— Je comprends ton raisonnement, mais...

Il vit la jeune femme déglutir.

— Je ne peux pas infliger ça aux filles. Elles t'aiment beaucoup, tu sais. Moi aussi. Mais je suis un adulte, je m'en remettrai. Pas elles.

Comme il lui en coûtait de prononcer ces mots ! Il ne voulait rien plus que prolonger leur relation. Se montrer en public avec elle. Lui tenir la main, l'embrasser et lui faire l'amour. C'était de Rosy dont il était tombé amoureux. La Rosy de Polhallow qui mangeait des glaces en minishort et haut de bikini et adorait le fish and chips. Peut-être côtoyer la princesse dans son monde protocolaire était-il le plus sûr remède. Mais c'était à double tranchant. Il n'était pas prêt à prendre ce risque.

— Je te remercie de nous accueillir chez toi, à l'abri des journalistes, réitéra-t-il. Tansy et Clover sont impatientes de te revoir. Mais trouvons un autre moyen de mettre un terme aux spéculations, d'accord ?

— Bien sûr, acquiesça Rosy avec un sourire un peu trop enjoué. À quoi penses-tu ?

Une idée venait de germer dans son esprit.

— Au théâtre. C'est ce qui nous relie tous. Pourquoi ne pas en faire la raison de ta présence à Polhallow cet été ? Au fond, rien ne prouve que nous soyons sortis ensemble. Tout ce qu'ont les médias est le témoignage d'une femme qui *croit* nous avoir reconnus. Laissons les commérages se dissiper d'eux-mêmes et essayons d'en tirer quelque chose de positif pour le village.

Rosy hocha la tête.

— Oui, ça se tient.

— Parfait. Dans ce cas, je ferais mieux de rentrer réfléchir à tout ça. Merci pour le café.

— Pas de quoi.

Jack se leva, non sans regret. Si seulement les choses avaient été différentes… Partir maintenant, c'était refuser la seconde chance que lui offrait Rosy. Cette occasion ne se représenterait plus.

— Inutile de me raccompagner. Je connais le chemin. À bientôt.

Alors qu'il regagnait le palais, Jack revit Rosy assise très droite, son expression résolument sereine. Seule une ombre dans ses yeux trahissait peut-être une certaine peine face à sa décision. Mais il avait agi pour le bien de ses filles. Ces derniers jours avaient été perturbants pour elles. Ils avaient dû fuir leur maison et se réfugier dans un pays étranger. Si de simples rumeurs de liaison entre lui et une princesse les poussaient à de telles extrémités, quelle escalade les attendait si ces rumeurs se confirmaient ? Mieux valait laisser faire le temps. La presse se lasserait vite d'eux et passerait à autre chose. Alors lui et sa famille pourraient reprendre leur vie normale.

Cependant, ses raisons étaient aussi personnelles. Il s'était brûlé les ailes une fois et ne commettrait plus la même erreur. Rosy était très différente de Lily. Elle ne cherchait pas à choquer, ni à se rebeller contre ses parents ou son statut social. Mais une union entre eux serait perçue comme une mésalliance. Personne dans son milieu ne l'estimerait digne de leur future reine. Il ignorait tout de la vie à la Cour. Encore quelques mois plus tôt, il était à peine capable de placer les Asturies sur une carte. Il ne parlait pas la langue, ni ne connaissait les coutumes du pays. Avec Rosy, l'histoire se répéterait. Il serait de nouveau l'opportuniste, celui qui détonne, éternel objet de scandale et de curiosité.

Aucune des amies de Lily n'avait cru qu'elle irait jusqu'à l'épouser. Les garçons comme Jack, les avait-il entendues dire, c'était juste pour s'amuser. Tout le monde savait que les marginaux prêts à tout pour être acceptés faisaient les meilleurs amants. Jack avait passé sa vie à faire ses preuves. Aujourd'hui encore, il éprouvait une satisfaction féroce lorsque ces filles-là le courtisaient, l'invitaient à des soirées ou sollicitaient ses conseils financiers. Mais il n'avait jamais oublié le mal qu'elles lui avaient fait et s'était juré de ne plus jamais se retrouver dans cette position.

Voilà pourquoi il prenait ses distances. Ici, Rosy n'était pas Rosy mais Arrosa, princesse héritière du trône des Asturies. Les femmes comme elles n'étaient pas pour les types comme lui.

11

— Tu as vu Jack, aujourd'hui ? s'enquit Clem.

Vivre en colocation avec sa sœur était un vœu exaucé pour Arrosa. Quel bonheur de pouvoir rire avec elle devant des programmes de télévision idiots ou lui raconter ses problèmes ! Leur complicité était un don du ciel. Arrosa était très fière de sa sœur. Clem avait su s'élever au-dessus des gros titres et se créer sa propre identité aux Asturies. Elle s'était inscrite à l'université, continuait ses interventions bénévoles à l'hôpital et secondait officiellement Arrosa. Elle s'apprêtait même à vivre son baptême du feu à la Cour, lors d'un bal à l'ambassade britannique la semaine suivante.

L'inconvénient était qu'elle la connaissait mieux que personne. Aucun changement d'humeur ne lui échappait.

— Il m'a rejetée.

Son cœur se fissura lorsqu'elle prononça ces mots.

— Enfin, c'est plus compliqué que ça. D'ailleurs, je m'y attendais. C'est sûrement mieux ainsi.

— Je vois.

Clem remplit deux verres de vin et désigna la porte-fenêtre.

— Il fait encore bon, dehors. Ça te dit d'en profiter ?

D'un accord tacite, elles prirent le chemin du lac. C'était un autre de leurs points communs : être près de l'eau les apaisait. Elles s'assirent dans les confortables fauteuils qu'Arrosa avait fait installer sur la jetée et Clem sirota son vin avec un soupir appréciateur.

— Ah, ça fait du bien. C'est épuisant, trois enfants ! Mais ça m'a fait plaisir de voir Sally. Je l'ai invitée à m'accompagner au bal. J'aurai bien besoin de soutien moral et ce sera l'occasion pour elle de s'amuser un peu.

— Qu'as-tu pensé de Tansy et Clover ?

Arrosa fixait sa sœur, dans l'expectative. C'était important pour elle que Clem les apprécie.

— Elles sont formidables. Jack peut être fier. Et elles t'adorent ! J'ai bien compris que je faisais un piètre substitut. Elles n'arrêtaient pas de demander quand elles te verraient.

Arrosa baissa les yeux.

— Ce ne serait pas une bonne idée. Jack a été très clair sur le fait que lui et moi n'avions aucun avenir. Je ne veux pas compliquer les choses.

Elle n'osa demander à Clem ce qu'elle pensait de lui.

— Il a raison, tu sais.

— Si nous faisons semblant d'être ensemble, ou même si nous essayons vraiment, ça ne fera qu'embrouiller les filles. C'est la dernière chose que Jack souhaite. Elles ont besoin de stabilité et je suis d'accord avec lui.

— Il n'est pas l'homme d'affaires arrogant que j'imaginais. Je l'ai mal jugé, admit Clem. D'après ce que j'en ai vu, il semble être un quelqu'un de bien. Il est aussi très amoureux de toi et je sais que c'est réciproque. Alors pourquoi êtes-vous tous les deux si sûrs que votre relation soit vouée à l'échec ?

— Il ne veut pas du genre de vie que je mène, Clem. Ni pour lui, ni pour ses filles. Difficile de l'en blâmer.

Sa sœur prit un air pensif.

— Ta vie est-elle si terrible que ça, Rosy ? D'accord, les choses se sont un peu emballées, ces derniers temps. Mais les Asturies respectent beaucoup plus la vie privée de ses célébrités que la plupart des autres pays. Quant à la presse internationale, elle finira par se lasser de cette histoire. Les premiers mois auront leurs hauts et leurs bas. Mais si vous tenez bon, une vie merveilleuse vous attend ici. Je sais de quoi je parle. Alors oui, c'est facile à dire pour moi. En tant qu'actrice, j'ai appris à gérer la publicité et les caméras, faire bonne impression et soigner mes réseaux sociaux. Malgré ça, je me suis quand même sentie submergée. Mais j'ai aussi vu le positif dans ce qui m'arrivait et les nouvelles portes qui s'ouvraient à moi. Pourquoi serait-ce différent pour Jack ?

Arrosa ne demandait qu'à y croire...

— Mais tu *voulais* faire partie de la famille. Pas Jack, objecta-t-elle. Nous venons de milieux différents. Notre couple serait très médiatisé. Il a déjà donné et en garde un mauvais souvenir. S'il préfère tout nier et utiliser le théâtre comme prétexte à notre amitié, je lui dois bien ça.

— Le théâtre ?

— Ah oui, je n'ai pas eu l'occasion de t'en parler. Crois-moi, ce qu'il a en tête va te plaire. Si nous prétextons un projet commun autour du théâtre en mémoire de ta mère, ça expliquera mon séjour en Cornouailles et pourquoi Jack et moi avons été vus ensemble. En définitive, Polhallow aura exactement le genre de théâtre dont Simone rêvait.

Était-ce Clem qu'elle essayait de convaincre ou elle-même ? Arrosa ne pouvait s'empêcher de repenser à sa conversation avec Jack. À l'approche différente qu'elle aurait pu avoir. La séparation n'avait fait que renforcer ses sentiments pour lui. À la seconde où il avait franchi sa porte, elle s'était enfin sentie entière. Leurs cœurs battaient à l'unisson à ce moment-là, elle l'aurait juré. Si elle avait fait un geste vers lui... Si elle avait pris sa main dans la sienne... Il serait avec elle maintenant. Au moins le temps d'un sursis.

Mais s'il revenait, ce devait être parce qu'il le voulait. Pas parce qu'il s'était laissé séduire. Le théâtre était une cause noble, surtout maintenant qu'il formait un projet commémoratif. Il méritait qu'elle s'y investisse, quoi qu'elle ressente pour Jack.

Clem posa son verre.

— Quoi que tu décides, je te soutiendrai, dit-elle. Mais si avoir Jack dans ta vie est ce que tu veux, si ça allège un tant soit peu le fardeau que tu portes, alors bats-toi. Tu as toujours fait ce qu'on te demandait et tout donné pour les autres. Le moment est venu de penser à toi. Tu mérites d'avoir quelqu'un à tes côtés qui voie la femme unique que tu es. Si ce quelqu'un est Jack, ne le laisse pas filer. Montre-lui qu'il peut avoir une place dans ta vie. Que ton devoir n'empêche pas de rêver et faire des projets. Je comprends ce qu'il ressent. Je ne voulais pas être la mystérieuse amante anglaise du vicomte d'Ortiz. Je devais trouver une façon d'être moi aux Asturies. Akil m'y a aidée. Tu n'es pas obligée de tout affronter seule, Rosy. Jack non plus. Promets-moi d'y réfléchir.

Arrosa cilla, les larmes aux yeux. N'avait-elle qu'à décider qu'elle voulait Jack dans sa vie ? Était-ce vraiment aussi simple ?

— Promis, je vais y penser. Merci.

Clem lui adressa un clin d'œil.

— C'est à ça que sert une sœur, non ?

Les dix jours suivants, Arrosa fit plus que réfléchir. Au lieu de se mettre en retrait, elle aménagea son emploi du temps afin de montrer à Jack pourquoi elle aimait tant les Asturies. Les filles étaient toujours occupées dans ces moments-là. Arrosa dut se pincer une fois en apprenant qu'elles étaient avec ses parents. *Ses parents !* Eux qui n'avaient jamais été à l'aise avec les enfants ! Elle soupçonnait Clem de s'arranger pour que Jack soit seul quand elle avait la possibilité de le rejoindre. Sa sœur eut beau démentir, elle ne croyait pas une seconde à son numéro d'innocente. Qui qu'il en soit, cette liberté lui permettait de sortir discrètement avec Jack grâce à la complicité d'Henri. Elle lui faisait découvrir son pays en soulignant ce qu'il restait à réaliser pour le faire entrer pleinement dans le XXIe siècle. Comme elle l'espérait, Jack débordait d'idées sur les moyens d'améliorer les choses.

Il ne s'agissait jamais de longues sorties. Jamais une journée complète, seulement quelques heures ici et là. Elle était alors à la fois Rosy et Arrosa. L'équilibre parfait entre la femme et la princesse. Ses sentiments pour Jack grandissaient de jour en jour. Mais si Jack semblait apprécier leurs excursions, le fossé entre eux persistait. Ils évitaient tout contact physique et n'évoquaient jamais l'avenir de leur relation. Ces balades l'enchantaient autant qu'elles la mettaient au supplice.

Le soir du bal à l'ambassade britannique, Arrosa trouva Clem dans sa chambre, occupée à appliquer la dernière touche à son maquillage. Ses cheveux étaient domptés en un élégant chignon banane, et une magnifique robe rouge pendait sur un cintre.

— Waouh, tu es sublime ! s'exclama-t-elle.

— Merci. Ça me fait drôle d'aller à une soirée en tant que représentante des Asturies.

— Tu vas tous les éblouir.

— Oui, enfin, je suis quand même contente que Sally vienne avec moi. Comment s'est passée ta journée ?

— Bien, répondit Arrosa. J'ai enchaîné les réunions ce matin et préparé mon discours pour après-demain. Puis j'ai emmené Jack en randonnée sur mon parcours préféré. L'exercice nous a fait beaucoup de bien.

La promenade avait été agréable. Mais Arrosa en venait à se demander à quoi rimaient ces sorties. Ils n'avaient pas progressé d'un pouce. Ils semblaient même s'éloigner l'un de l'autre, leur complicité d'avant remplacée par une amitié distante.

Clem se tourna vers elle.

— Ça fait plus d'une semaine, Rosy. As-tu avoué à Jack ce que tu ressentais pour lui ?

— Eh bien…

— Lui as-tu dit que tu l'aimais ?

Le premier réflexe d'Arrosa fut de démentir. Mais il y avait longtemps qu'elle s'était rendue à l'évidence, et sa sœur le savait.

— Je lui ai dit que je l'appréciais, et aussi qu'il me plaisait…

Comme si ces platitudes exprimaient la force des émotions qu'il soulevait en elle.

— Sans doute aurait-ce pu être de l'amour si la situation avait été différente. Mais le fait est que nous nous connaissons à peine.

— Comme Akil et moi, fit valoir Clem.

Elle marquait un point. Même s'ils avaient passé beaucoup de temps ensemble depuis, quelques semaines avaient suffi à Clem et Akil pour tomber éperdument amoureux et forger le genre de relation dont elle-même se languissait.

— Je ne peux pas…

— Rosy, je ne t'ai jamais vue aussi rayonnante que ces derniers jours. Et ne me dis pas que c'est à cause de ta séance au Sénat après-demain ! C'est Jack qui te rend heureuse. Il mérite de savoir la vérité.

— Nous nous sommes vus tous les jours et il n'a rien tenté, allégua Arrosa. Il aime les Asturies et a d'excellentes idées, mais il ne m'a rien offert de plus. C'est évident qu'il ne se voit pas d'avenir ici. Et puis, il y a les filles. Ça ferait beaucoup pour elles. Qui sait ? Peut-être pourrions-nous réessayer dans dix ans, quand elles seront plus grandes ?

Son cœur saigna à la perspective de dix longues années de solitude.

— Dix ans ? Non, mais tu t'entends, Rosy ?

— Tu ne comprends pas, Clem. Si je lui dis que je l'aime, je le force à faire un choix. Son premier mariage n'était pas heureux. Lily l'a manipulé. Je refuse d'en faire autant.

Clem poussa un soupir.

— Rosy, ne vois-tu pas que toi aussi, tu le manipules ? Qu'en lui cachant la vérité, tu lui enlèves son pouvoir de décision ?

Elle prit un air sévère.

— Dis-lui ce que tu ressens. Il a le droit de savoir.

Jack avait apprécié ces dix derniers jours. Trop, peut-être. En passant du temps avec Rosy, en découvrant les Asturies à travers ses yeux, il comprenait mieux ses rêves et ses aspirations. Il voyait comment y contribuer, comment trouver sa place dans son monde. Mais il gardait des réserves. Tout cela, ce n'était pas la vraie vie, pas plus qu'en Cornouailles. Leur amitié demeurait cachée, inconnue du grand public.

S'il s'agissait bien d'amitié. Malgré l'absence d'intimité, l'air était toujours aussi électrique entre eux. Il se sentait plus détendu avec Rosy qu'il ne l'avait jamais été avec personne d'autre.

Plus il explorait le pays, plus il en tombait amoureux. Il aimait l'air vivifiant de la montagne en cette fin d'automne, annonçant l'hiver qui se profilait déjà. Les premiers flocons tombaient en général dès le début de décembre, une nouvelle qui avait tant enchanté les filles qu'elles insistaient pour rester jusque-là. Jack devait sans cesse leur rappeler qu'ils n'étaient qu'en vacances aux Asturies et que leur vie était ailleurs. Mais peut-être était-ce lui qui avait besoin de ce rappel. Ses projets en Cornouailles ne lui semblaient plus aussi gravés dans le marbre. Sa détermination à ancrer sa famille à Polhallow s'effilochait de jour en jour.

Et bien sûr, il y avait Rosy. Son guide personnel, qui n'hésitait pas à donner de sa personne et partager avec lui les innombrables trésors de son pays. D'amants, ils avaient su devenir amis, une transition que peu réussissaient. Jack mesurait sa chance. Mais il ne pouvait ignorer l'étau qui l'étreignait chaque fois qu'il marchait avec elle sans lui prendre la main.

Qu'il lui disait au revoir sans l'embrasser. Qu'il se couchait seul dans son lit trop grand.

— Regarde, papa ! C'est Rosy !

Jack avait déniché une chaîne télévisée pour enfants en anglais. Alice et Clover regardaient un film pendant qu'il préparait leur sac de plage, quand un flash info avait interrompu le programme. La journaliste évoquait ce jour historique dans un asturien volubile dont il commençait à reconnaître quelques mots. En effet, c'était aujourd'hui qu'Arrosa était présentée au Parlement en tant que princesse héritière. Jack avait beaucoup appris sur la culture du pays ces derniers jours. Contrairement à ce qui se pratiquait au Royaume-Uni, le souverain des Asturies siégeait au Sénat, leur Chambre haute, et participait aux procédures parlementaires. S'il le souhaitait, il pouvait désigner son héritier pour le représenter. Comme le roi Zorien l'avait fait avec Rosy. La coutume voulait que tout nouveau membre du Sénat soit approuvé par la Chambre avant de donner son premier discours.

Rosy était-elle nerveuse ? Elle avait l'habitude de parler en public. Mais cette démarche marquait son entrée officielle dans l'arène politique du pays. Il repéra Akil, le compagnon de Clem, membre du Sénat et figure éminente de l'opposition, parmi l'assemblée. Son soutien devait beaucoup compter pour la jeune femme. Quel soulagement quand la Chambre salua son entrée d'un tonnerre d'applaudissements ! Jack fixait l'écran, la bouche sèche. Ce n'était pas Rosy, mais Arrosa qui s'avançait en tailleur jupe de soie, les cheveux relevés en une coiffure sophistiquée. Des diamants étincelaient à son cou et ses oreilles. Coiffée de sa couronne, elle affichait une prestance toute royale.

— Elle est si belle ! s'exclamèrent Alice et Clover en chœur.

— Elle a l'air stressée, commenta Tansy.

— Qu'est-ce qui te fait dire ça ? demanda Jack.

— Regarde comme elle serre ses mains ensemble. Et elle vient de se mordre la lèvre. Elle fait toujours ça quand elle est stressée.

Jack avait remarqué cette habitude. Que sa fille l'ait notée aussi le stupéfiait.

— Tu as raison. Mais elle le cache bien. Tu es très observatrice.

— C'est parce que je suis actrice, se rengorgea Tansy en jetant ses cheveux en arrière.

Il s'esclaffa, mais son rire mourut comme Rosy prenait la parole. Il n'y avait aucune trace de nervosité dans sa voix. Elle s'exprimait avec assurance, sous le regard confiant de son père. Jack écoutait, hypnotisé, la femme qu'il aimait s'adresser au royaume sur lequel elle était appelée à régner. L'abîme les séparant n'aurait pu être plus vaste, et pourtant... S'il l'avait pu, il n'aurait pas hésité à traverser l'écran pour se tenir à ses côtés. Ces dix derniers jours l'avaient persuadé que c'était quelqu'un comme Akil qu'il lui fallait. Un homme issu du même milieu qu'elle, versé dans la culture et la politique du pays. À présent, il n'en était plus si sûr.

Jack n'avait peut-être pas la nationalité, ni une fine connaissance des Asturies. Mais il avait d'autres qualités. Il était capable de la rassurer sur la tâche monumentale qui l'attendait. Il apportait sur ses idées un regard extérieur permettant d'affiner le débat. N'avait-elle pas répété son discours avec lui jusqu'à en être satisfaite ? Il l'avait tellement entendu qu'il serait capable de le réciter par cœur, même en asturien. Ou de citer ses sources sur ses points clés comme l'éducation, l'égalité des chances et le développement durable.

Rosy était égale à elle-même, toujours le même rayon de soleil. Toujours aussi à l'aise avec les filles. Mais une forme d'inhibition s'était installée entre eux, inexistante auparavant. Il était certain de ne pas imaginer ce mur invisible qui les séparait, sans savoir qui en était vraiment responsable.

Peut-être était-ce aussi bien puisqu'ils n'avaient aucun futur ensemble.

C'était ce qu'il se répétait, peut-être pour mieux s'en convaincre. Car l'avenir qu'il avait planifié en Cornouailles avait perdu de son attrait. Il lui paraissait soudain tristement vide et morne. Ses filles comptaient plus que tout. Mais elles grandiraient et auraient leur propre vie, un jour. Que lui resterait-il quand elles seraient parties ? Une jolie villa sur une falaise, une fortune colossale, et personne avec qui les partager.

Rosy conclut son discours sur une note positive, en regardant la caméra bien en face. La Chambre – que des hommes, nota Jack – éclata en applaudissements, menés par le roi qui couvait sa fille d'un regard empli de fierté. Rosy inclina la tête en marque de respect. Alors qu'elle regagnait sa place, Zorien cessa soudain d'applaudir. Le sang reflua de son visage. Comme au ralenti, il s'écroula sur son siège, une main plaquée sur sa poitrine. Le temps parut se figer dans le brusque silence tombé sur la salle. La caméra zooma sur la princesse affolée se ruant vers son père.

Jack suivait, horrifié, la scène en direct. Il sut alors que toutes ses raisons de garder ses distances n'étaient que du vent. Rosy avait besoin de lui. Rien d'autre n'avait d'importance.

12

Arrosa n'avait jamais beaucoup fréquenté les hôpitaux, si ce n'est pour des inaugurations ou des visites royales. Heureusement, Clem et Akil étaient avec elle. Grâce à leurs actions bénévoles, ils étaient bien connus de l'établissement d'Oviedo et en bons termes avec le personnel. C'était un réconfort pour Arrosa.

Le roi avait été admis en urgence dans l'aile privée réservée aux patients VIP. Si le décor rappelait un hôtel cinq étoiles, les équipements médicaux et l'odeur d'antiseptique omniprésente ne permettaient pas d'oublier où ils se trouvaient. Assise dans une salle d'attente tout confort, Arrosa savait que son angoisse était la même que celle des autres familles partout ailleurs dans l'hôpital.

Son père était actuellement en chirurgie, Dieu seul savait pour combien de temps. « Cardiaque », « pontage », « sérieux »... Les mots de l'infirmière de liaison résonnaient dans sa tête sans qu'elle parvienne à leur donner le moindre sens. Sa mère était en route, immédiatement informée de l'incident. La reine Iara effectuait une visite officielle dans une école à l'autre bout du pays, qu'elle n'avait pas souhaité annuler malgré sa déception de manquer le discours de sa fille. En attendant, Arrosa faisait les cent pas, s'asseyait, se relevait. Elle ne comptait plus les cafés qu'elle avait laissés refroidir sans y toucher.

— Rentre à la maison, lui conseilla Clem en lui touchant l'épaule. Tu dois avoir envie de te changer.

Arrosa porta la main à sa tête, surprise par la froideur du platine sous ses doigts. Le discours de la matinée lui semblait si loin ! Elle enleva la couronne et se sentit aussitôt plus légère, puis retira une à une les épingles retenant ses cheveux pour les nouer en une simple queue-de-cheval.

— Je ne veux pas le laisser, Clem.

— Alors bois au moins quelque chose, insista sa sœur.

Pour lui faire plaisir, Arrosa se força à avaler une ou deux gorgées de café. Dehors, les arbres avaient revêtu leurs couleurs d'automne, rouge, or et orangé. Elle s'approcha de la fenêtre, distraite par le reflet de Clem et Akil dans la vitre, assis sur un sofa. Akil tenait Clem contre lui, un bras autour de ses épaules. Son cœur se serra. Comme elle enviait sa sœur, en cet instant ! Elle aussi aurait pu avoir cela dans sa vie. Le même bonheur et le même soutien. Mais ses obligations et sa propre lâcheté avaient tout gâché.

Derrière elle, la porte s'ouvrit. Elle fit volte-face, s'attendant à voir un médecin. Mais ce fut Henri qui entra, suivi par la personne dont elle avait le plus besoin.

— Jack ?

Est-ce qu'elle rêvait ? Non, c'était bien lui. Elle se jeta dans ses bras.

— Tu es venu...

— J'avais peur d'être de trop, dit-il avec une réserve qui ne lui ressemblait pas.

Arrosa lui effleura la joue.

— Tu ne seras jamais de trop.

Ils s'assirent ensemble sur une banquette en face de Clem et Akil.

— Comment va ton père ? s'enquit-il.

— C'est sérieux. Ils l'ont emmené directement au bloc pour un pontage coronarien.

— Je vois.

— C'est son *cœur*, Jack. C'est comme si l'histoire se répétait. Son propre père a abdiqué suite à un infarctus. Il est décédé quelques années après et…

Elle cilla, au bord des larmes.

— Je ne veux pas le perdre. C'est trop tôt.

Les bras de Jack l'enveloppèrent, solides et rassurants. Blottie contre son torse, elle entendit Clem et Akil se lever en annonçant qu'ils allaient chercher quelque chose à manger. La porte se referma et elle se retrouva seule avec Jack. Alors pour la première fois depuis longtemps, elle s'autorisa à pleurer. Une fois la vanne ouverte, impossible de s'arrêter. Elle s'abandonna totalement, rattrapée par des mois de doutes et de questionnements, auxquels s'ajoutaient à présent la peur de perdre son père et l'angoisse de ce qui les attendait, elle et sa famille.

Elle n'aurait su dire combien de temps elle resta là dans les bras de Jack, secouée de sanglots. Lorsqu'elle finit par se calmer, sa chemise était humide et froissée, mais il ne l'avait pas lâchée. Pas une seconde.

— Désolée, murmura-t-elle. Regarde dans quel état je t'ai mis.

— J'ai l'habitude, assura-t-il. J'ai une fille de six ans.

— Je ne voulais pas…

— Ne t'excuse pas, Rosy. C'est normal d'avoir peur. Refouler ses émotions n'est jamais la solution.

— Mon père a consacré sa vie à son devoir. Il mérite d'avoir plus de temps et vivre enfin pour lui. Avec Clem, ils commencent tout juste à se rapprocher. Ça lui briserait le cœur s'il lui arrivait quelque chose maintenant.

— Et toi, Rosy ?

— Quoi, moi ?

— Tu as le droit d'exprimer ce que tu ressens. Je suis là, dit Jack.

Arrosa enfouit le visage dans le creux de son épaule.

— Je me sens égoïste de penser à moi dans un moment pareil, confessa-t-elle.

— Mais… ?

— Oh ! Jack. Mon père avait à peu près mon âge quand il est devenu roi. C'est pour ça qu'il a quitté Simone, enceinte de Clem, et épousé ma mère. Leur mariage n'était pas un mariage heureux. Chacun a fait passer sa fonction avant tout. C'est aussi ce qui m'attend, je l'ai accepté. Mais je ne suis pas prête. Je…

Elle dut se faire violence pour continuer.

— Je ne veux pas affronter ça seule. J'aurai Clem, bien sûr, mais…

Seigneur, pourquoi était-ce si difficile ? De lui dire qu'elle avait besoin de lui. Que l'avoir auprès d'elle aux Asturies était plus qu'elle n'avait jamais osé espérer.

De lui dire qu'elle l'aimait.

Non, le moment était mal choisi.

— Désolée. Je me conduis en poule mouillée…

Jack posa les deux mains sur ses épaules.

— Arrosa Artega, tu es la personne la plus courageuse que je connaisse.

Alors qu'attendait-elle pour se jeter à l'eau ?

— Je…

La porte s'ouvrit, l'interrompant dans son élan. Clem et Akil entrèrent avec de la nourriture ainsi que de nouvelles boissons chaudes. Arrosa s'aperçut qu'elle avait faim. Elle avala un demi-sandwich et but un gobelet de café. Mais le temps des aveux à Jack était passé. Sa mère arriva peu après. Sa détresse toucha Arrosa. Contre toute attente, les événements des semaines précédentes semblaient avoir rapproché le couple royal. Raison de plus pour que son père se rétablisse. Si elle devait devenir reine plus tôt que prévu, elle n'hésiterait pas une seconde. Elle voulait que ses parents profitent de leur seconde chance. Que Zorien et Clem tissent une vraie relation père-fille. Que son père connaisse ses futurs petits-enfants. Elle était prête à tout pour rendre cela possible. Mais elle savait aussi qu'elle avait besoin de Jack à ses côtés.

Clem avait raison. Arrosa croyait le protéger en lui cachant ses sentiments. En réalité, elle ne faisait que le priver de son libre-arbitre. Il méritait de savoir qu'elle l'aimait et faire son propre choix.

Après de longues heures d'attente, le chirurgien vint s'adresser à eux. Il enleva son masque et se frotta les yeux, l'air exténué.

— Je vous annonce que l'opération s'est bien passée. Sa Majesté dort pour le moment. Elle n'est pas encore tirée d'affaire, mais l'équipe se veut optimiste.

Il se tourna vers la reine.

— Si Votre Altesse souhaitez le voir, nous pouvons vous accorder quelques minutes. Je suggère au reste de la famille de revenir demain.

Iara ne voulut pas que le groupe l'attende, déclarant qu'elle avait sa voiture avec chauffeur à disposition et préférait rester seule. Arrosa s'attarda pendant que les autres s'en allaient. Elle connaissait la tendance de sa mère à tout garder pour elle. Mais la reine ne voulut rien savoir.

— Toi aussi, Arrosa. Tu as eu une journée éprouvante. Va te reposer.

Son étreinte fut plus spontanée qu'à son habitude. Plus maternelle. Sur une impulsion, Arrosa l'embrassa sur la joue, avant de quitter la salle au bras d'Henri, suivie de près par Jack.

Jack choisit d'accompagner Rosy chez elle plutôt que de se faire déposer au palais. Il appela Sally dans la voiture afin de prendre des nouvelles. Les filles allaient bien, le rassura-t-elle. Elles s'étaient inquiétées pour Rosy, ainsi que pour le roi qu'elles avaient rencontré au cours de la semaine. Mais

Sally avait réussi à les distraire en les emmenant à la plage pour la journée. Elles dînaient maintenant devant la télévision. Jack la remercia chaleureusement lorsqu'elle proposa de les garder aussi longtemps que nécessaire.

Après avoir raccroché, il suivit Rosy à l'intérieur.

— Tu devrais aller te changer. Ce tailleur te va à ravir, mais il n'a pas l'air très confortable.

Rosy émit un petit rire.

— Pendant plus d'une heure à l'hôpital, j'ai gardé ma couronne sur la tête. Ridicule, pas vrai ?

— Pour n'importe qui d'autre, peut-être.

— Mais pas pour moi ?

Elle expira profondément.

— Merci d'être venu, Jack.

— Pas de quoi.

— Laisse-moi t'offrir un verre. C'est la moindre des choses.

Elle était nerveuse, nota-t-il comme elle disparaissait dans la cuisine, où elle sortit deux bières du frigo avant de l'entraîner dehors. Les soirées étaient plus fraîches en cette fin d'octobre. Mais elle ne semblait pas sentir le froid.

— Jack, commença-t-elle en se tournant vers lui. Quand tu es arrivé à l'hôpital, j'ai compris que tu étais exactement la personne dont j'avais besoin. Je ne peux pas te laisser partir sans t'avouer ce que je ressens. Je t'aime, de tout mon cœur. J'ai essayé de lutter, mais c'est au-dessus de mes forces.

Jack resta immobile, incapable de parler. Les mots de Rosy lui semblaient irréels, et pourtant, ils instillaient en lui la plus douce des chaleurs.

— Je sais ce que tu penses, que nous ne sommes pas du même monde, poursuivit-elle. C'est faux. Tu es le preux chevalier auquel la princesse que je suis n'a jamais cru. Un homme bon qui me comprend et en qui je peux avoir toute confiance. Tu me l'as prouvé à maintes reprises. Bien sûr, tu as ton propre vécu et privilégies le bonheur de tes enfants avant tout. C'est aussi ce que j'aime chez toi. Si vivre aux Asturies ne te convient pas, je l'accepterai. Mais je devais te dire la vérité. Je t'aime, Jack. Je veux faire ma vie ici avec toi et les filles.

— Oh ! Rosy. Je t'aime aussi. Je suis tombé amoureux de toi le jour où tu nous as sauvé la mise avec ta tournée générale de glaces.

Jack prit une grande inspiration.

— Je ne voulais rien te dire aujourd'hui. Entre ton discours au Sénat et l'accident de ton père, je pensais que tu avais eu ton lot d'émotions fortes pour la journée. Mais une fois de plus, je t'ai sous-estimée.

Son aveu la fit rire. Il posa leurs deux bières sur la table et lui prit la main. Ce simple geste après des semaines de distance forcée lui mit du baume au cœur.

— Je croyais agir pour le bien des filles. Et il y avait une part de vrai là-dedans. Mais je me cachais aussi derrière elles. Mon premier mariage n'a pas été heureux. Notre différence de milieux m'obligeait à devoir sans cesse faire mes preuves. Même après ma réussite, je restais un intrus. Avec toi, je me disais que ce serait mille fois pire. Une princesse et un vaurien sorti de nulle part ? Je me fiche de ce que pensent la Cour ou les médias. Mais je tiens à toi. Je ne voulais pas te mettre dans une position délicate. Plus que tout, j'avais peur que tu regrettes ton choix.

Jack se mettait rarement à nu. Qu'il le fasse devant elle était un cadeau précieux.

— Je ne regretterai jamais mon choix, affirma Arrosa avec émotion. Crois-moi, la Cour me félicitera d'avoir conquis un homme devenu millionnaire par lui-même en quelques années et voudra faire profiter le pays de tes talents. Quant aux médias, ils se feront à l'idée, comme toujours. Le plus important, Jack, ce sont les filles. Comment prendront-elles le fait de venir vivre aux Asturies ? Crois-tu qu'elles l'accepteront ?

C'était une chose que Jack partage ses sentiments. Mais cela ne devait pas leur faire oublier les difficultés pratiques de leur situation.

— Les filles t'adorent et se plaisent déjà ici, répondit Jack. Il y a une école internationale en ville qui a une excellente réputation. Il y aura des hauts et des bas, bien sûr. Tansy approche de l'adolescence. Ça veut dire des orages en perspective...

— Mais si nous y faisons face ensemble...

— ... rien n'est impossible.

Ils rirent à l'unisson.

— Alors ça veut dire que tu restes ? demanda Arrosa.

— Ça veut dire que je vais chercher une maison pour moi et les filles.

— Mais...

Il posa un doigt sur ses lèvres.

— Le temps qu'elles s'habituent à leur école et que je réfléchisse à ma nouvelle vie ici. J'en profiterai pour te faire la cour en vrai gentilhomme. Je sais bien que tu nous laisserais rester au palais. D'ailleurs, je me suis attaché à tes ancêtres à force de côtoyer leurs portraits. Je ne sais pas lesquels je préfère, les guerriers armés jusqu'aux dents ou les dames pomponnées qui brandissent leurs éventails avec l'air de vouloir nous égorger avec... Comprends-moi, Rosy. J'ai fait un premier mariage précipité. Cette fois, je veux prendre mon temps.

Arrosa comprenait tout à fait. Et une cour à l'ancienne n'était pas pour lui déplaire.

— Je t'écoute. Comment comptes-tu me séduire ?

— Oh ! de façon classique. Dîner aux chandelles, soirée au théâtre, promenade sur la plage... Et baiser passionné, termina-t-il, une lueur de braise dans le regard.

— Pas mal. Surtout la partie où tu m'embrasses.

— Et plus si affinités, bien sûr.

Une vague de désir envahit Arrosa.

— N'est-ce pas un peu osé, monsieur le gentilhomme ?

Tout en parlant, ils s'étaient rapprochés l'un de l'autre. Elle s'accrocha à son cou, son corps pressé contre le sien.

— Qu'as-tu d'autre en tête ?

— Laisse-moi te montrer...

Elle rit lorsqu'il la souleva dans ses bras. Ses lèvres capturèrent les siennes et elle s'abandonna à leur tendre baiser. À son étreinte virile. Leur amour vaincrait tous les obstacles, elle en était certaine. Avec Jack, l'avenir ne lui faisait plus peur.

Épilogue

— Le résultat est fantastique, Jack.

Arrosa lança un regard reconnaissant à sa sœur. Clem était devenue proche de Jack et ses filles au cours de l'année écoulée. Mais elle peinait encore à accepter les changements apportés au vieux théâtre si cher au cœur de sa mère. Jack, cependant, avait accompli des prodiges en lui insufflant une nouvelle jeunesse grâce à des loges confortables à même d'attirer les plus grands artistes, mais aussi un café ouvert toute l'année, un restaurant chic avec vue sur la mer et un bar branché. Les sièges en pierre d'origine étaient toujours là. Mais il était désormais possible de louer des coussins d'assise, ainsi que des imperméables en cas de météo capricieuse.

Ce soir avait lieu le gala d'ouverture en l'honneur de Simone Beaumont. Ensemble, ils avaient combiné leurs ressources afin de faire venir quelques grands noms, point d'orgue d'un programme varié incluant musique, danse, scènes de pièces de Shakespeare et extraits de célèbres comédies musicales.

Tous les huit – le roi et la reine, Clem et Akil, Arrosa, Jack et les filles – avaient pris place dans la toute nouvelle loge royale, un balcon couvert doté de fauteuils, d'un vestiaire privé et de son propre bar. Arrosa contemplait avec nostalgie les gradins en pierre où elle et Jack s'étaient rencontrés pour la première fois.

— Aurais-tu aimé être sur scène ce soir, Clémence ? questionna Iara.

Arrosa n'en revenait pas que sa mère assiste à un gala donné en mémoire du grand amour de son mari. Mais c'était elle qui avait insisté pour venir, déclarant qu'elle voulait voir le village où sa fille avait été si heureuse et rendre hommage à la femme qui l'avait aimée sans contrepartie. Elle et Zorien occupaient les places d'honneur à l'avant du balcon. Arrosa aurait juré les avoir vus se tenir par la main un peu plus tôt.

— Une part de moi aurait adoré, admit Clem en caressant son ventre arrondi.

Akil n'avait pas tenu sa promesse de patienter un an avant de la demander en mariage. Le couple s'était uni au printemps et attendait son premier enfant pour Noël. Arrosa avait hâte d'être tante, heureuse de pouvoir faire partie de leur vie au grand jour.

— Mais être spectatrice me va aussi, ajouta Clem. Je me réjouis que la troupe de Polhallow puisse continuer à utiliser le théâtre. Merci, Jack.

— Sans eux, le théâtre n'existerait pas et je n'aurais pas rencontré Rosy.

Il serra la main d'Arrosa dans la sienne. Les rubis de sa bague de fiançailles miroitaient à son annulaire. Elle et Jack avaient passé les neuf derniers mois à se faire la cour et vraiment apprendre à se connaître, laissant tout le temps aux filles de s'habituer à leur nouvelle vie aux Asturies. Jack l'avait demandée en mariage quelques semaines plus tôt, un an jour pour jour après leur première rencontre, avec l'aide de Tansy et Clover dans une pièce qu'ils avaient écrite et jouée tous les trois. Arrosa n'aurait pu rêver plus belle demande, ni bague plus magnifique, choisie spécialement pour elle par les filles.

À côté du couple royal, Tansy et Clover débattaient des points forts du programme. Envolée, l'enfant anxieuse de l'été précédent. Tansy avait désormais une vie sociale rivalisant avec celle d'Arrosa grâce à son groupe de théâtre jeunesse. Clover, de son côté, s'était découvert une passion pour l'équitation, et n'était jamais plus heureuse que dans les écuries du domaine Artega. Toutes deux, comme Clem, seraient ses demoiselles d'honneur à son mariage en automne.

— Portons un toast.

Akil distribua les flûtes de champagne à la ronde, à l'exception de Clem et des filles qui eurent droit à un délicieux jus de fleur de sureau.

— À Simone, que j'aurais aimé avoir la chance de connaître, et à l'héritage qu'elle nous a laissé.

— À Simone, répétèrent-ils tous en chœur, y compris Iara.

Clem leva son verre vers le ciel, où s'étaient allumées les premières étoiles.

— À toi, maman.

— À la Cornouailles, dit Arrosa.

Clem avait décidé de garder le cottage afin que ses futurs enfants découvrent l'endroit où elle avait grandi. Jack, lui, avait vendu sa villa sur la falaise. Une démarche ne laissant aucun doute sur la nouvelle direction donnée à ses ambitions. Bien sûr, la porte du cottage leur resterait toujours ouverte, avec Henri prêt à veiller sur eux et protéger leur vie privée.

— Et aux Asturiens pour nous avoir si chaleureusement accueillis, conclut Jack. Merci de nous avoir fait une place dans votre famille.

— Merci à toi de m'avoir acceptée dans la tienne, ajouta Arrosa.

Il se pencha pour l'embrasser, et elle sut qu'elle chérirait à jamais ce moment, entourée des gens qu'elle aimait, dans ce lieu dédié à celle qui avait été une seconde mère pour elle. Un an plus tôt, elle se sentait seule au monde, isolée par son devoir royal. Aujourd'hui, elle était fiancée, belle-mère et bientôt tante !

Alors que le spectacle commençait, elle remercia le ciel du fond du cœur. Rien n'était impossible tant qu'elle avait le soutien de sa famille. Elle, Arrosa Artega, princesse héritière des Asturies, était la femme la plus chanceuse au monde.

Vous avez aimé ce roman ?
Retrouvez en numérique vos princesses préférées :

1. *Le jeu d'une princesse*
2. *L'évasion d'une princesse*